9

小説

ブルーロック

BLUELOCK

原作 金城宗幸　絵 ノ村優介　文 吉岡みつる

Kodansha K·K bunko

CONTENTS

第113話 泥《どろ》棒《ぼう》と警《けい》察《さつ》

今夜《こんや》——日本《にほん》サッカー史《し》をゆるがす大勝負《おおしょうぶ》が、幕《まく》を開《あ》ける。
U−20《アンダートゥエンティ》代表《だいひょう》vs.〝青い監獄《ブルーロック》〟11傑《イレブン》戦《せん》。
勝《か》てば、〝青い監獄《ブルーロック》〟が日本代表《にほんだいひょう》をジャック。
負《ま》ければ、〝青い監獄《ブルーロック》〟は消滅《しょうめつ》。
たった二週間《しゅうかん》の練習《れんしゅう》期間《きかん》で、〝FW《フォワード》だけ〟のチームで戦《たたか》う。
そんな賭け《ギャンブル》に、潔世一《いさぎよいち》たちは挑戦《ちょうせん》するのだ。
〝青い監獄《ブルーロック》〟内《ない》のメインスタジアムは超満員《ちょうまんいん》だ。

試合《しあい》は全国中継《ぜんこくちゅうけい》され、日本中《にほんじゅう》がこの戦《たたか》いに注目《ちゅうもく》していた。

そんなプレッシャーのなか……〝青い監獄《ブルーロック》〟チームのロッカールームは、とある情報《じょうほう》によって、にわかにざわめいていた。

「敵《てき》チームのスタメンに、士道《しどう》が入《はい》ってない!?」

〝青い監獄《ブルーロック》〟からU《アンダー》－20《トゥエンティ》代表《だいひょう》チームに引《ひ》き抜《ぬ》かれた士道龍聖《しどうりゅうせい》が、スタメンに入《はい》っていない。

天才《てんさい》MF《ミッドフィルダー》・糸師冴《いとしさえ》から直々《じきじき》に、〝士道龍聖《しどうりゅうせい》をU《アンダー》－20《トゥエンティ》代表《だいひょう》メンバーに加《くわ》えること〟という条件《じょうけん》が出《だ》されていたにもかかわらず……。

これには、選手《せんしゅ》たちも拍子《ひょうし》抜《ぬ》けだった。

「なんでだよ!? ナメてんのか!?」

短気《たんき》な雷市陣吾《ライチじんご》は、片眉《かたまゆ》を上《あ》げてどなる。

「あっちでも、相性最悪《あいしょうさいあく》とか？」

〝はんなり〟京都人《きょうとじん》、氷織羊《ひおりよう》の、冷静《れいせい》な発言《はつげん》。

〝青い監獄《ブルーロック》〟内《ない》でも何《なに》かとトラブルを起《お》こしていた士道《しどう》だ。U−20代表相手《アンダートゥエンティだいひょうあいて》に、お行儀《ぎょうぎ》よくしているとは思《おも》えない。

「……まぁ、そんなトコでしょ。気《き》にしなさんな。どのみち、お前《まえ》らがやるコトは変《か》わらない。」

〝青い監獄《ブルーロック》〟総指揮《そうしき》、絵心甚八《えごじんぱち》は落《お》ち着《つ》いていた。

そして、指令《ミッション》を下《くだ》す。

「作戦《さくせん》を遂行《すいこう》しろ。才能《さいのう》の原石《げんせき》どもよ――〝青い監獄《ブルーロック》〟11傑《イレブン》、始動《しどう》だ。」

＊＊＊

潔世一《いさぎよいち》は、今《いま》、決戦《けっせん》の戦場《フィールド》に立《た》っている。

観客《オーディエンス》の歓声《かんせい》。会場《かいじょう》のアナウンス。大舞台《おおぶたい》の異様《いよう》な空気《くうき》――。

開戦《かいせん》のホイッスルが、高《たか》らかに響《ひび》く。

その瞬間《しゅんかん》、全《すべ》ての雑音《ざつおん》から切《き》り離《はな》されたような感覚《かんかく》がした。

となりに立《た》つチームメイト、糸師凛《いとしりん》からのパスが、開始《かいし》の合図《あいず》だ。


——キックオフ！


この九十分《ぷん》で、運命《うんめい》が変《か》わる。

俺《おれ》は、俺《おれ》のゴールで世界《せかい》を変《か》える!!


走《はし》り出《だ》した潔《いさぎ》をさっそくマークするのは、糸師冴《いとしさえ》。

世界《せかい》から注目《ちゅうもく》を浴《あ》びる若《わか》きＭＦ《ミッドフィルダー》であり——凛《りん》の兄《あに》だ。

冴《さえ》との1対《たい》1はさけ、潔《いさぎ》は、すぐに凛《りん》へパス。

短《みじか》い練習《れんしゅう》期間《きかん》で、潔《いさぎ》たちは何度《なんど》もフォーメーションを確認《かくにん》してきた。

攻撃《こうげき》のときは、まず潔《いさぎ》と凛《りん》……そして、凪誠士郎《なぎせいしろう》の三人《にん》で組《く》み立《た》てる、中央《ちゅうおう》の三角関係《トライアングル》が基盤《ベース》となる。

……作戦会議《ミーティング》の中《なか》で、絵心《えご》は、潔《いさぎ》たちにこう言《い》った。

「今回《こんかい》のフォーメーションの基本《きほん》は、糸師凛《いとしりん》をワントップにした4−5−1型《スタイル》。」

〝青い監獄《ブルーロック》〟11傑《イレブン》のポジションは、こうだ。

ワントップ——「CF《センターフォワード》」は、圧倒的《あっとうてき》No.《ナンバー》1、糸師凛《いとしりん》。

サイド攻撃《こうげき》の要《かなめ》、「WG《ウィング》」には二人《ふたり》。

RWG《ライトウィング》——影《かげ》を渡《わた》り歩《ある》く忍者《にんじゃ》、乙夜影汰《おとやえいた》と、LWG《レフトウィング》——1on1《ワンオンワン》で圧倒《あっとう》する雪宮剣優《ゆきみやけんゆう》だ。「OMF《オフェンシブミッドフィルダー》」は、潔世一《いさぎよいち》と凪誠士郎《なぎせいしろう》が務《つと》める。

司令塔役《しれいとうやく》の「DMF《ボランチ》」に、〝殺し屋《ころしや》〟の異名《いみょう》を持《も》つ烏旅人《カラスたびと》。

DF《ディフェンダー》は四人《にん》。

RSB《ライトサイドバック》には、俊足《しゅんそく》の千切豹馬《ちぎりひょうま》。LSB《レフトサイドバック》には、天才《てんさい》ドリブラーの蜂楽廻《ばちらめぐる》。

RCB《ライトセンターバック》に長身《ちょうしん》の蟻生十兵衛《ありゅうじゅうべえ》。LCB《レフトセンターバック》は、冷静《れいせい》な視野《しや》を持《も》つ二子一揮《にこいっき》が担《にな》う。

そして、最後《さいご》の砦《とりで》、ゴールを守《まも》るGK《ゴールキーパー》は、超身体能力《ちょうしんたいのうりょく》を持《も》つ我牙丸吟《ががまるぎん》。

これが、基準《きじゅん》のフォーメーションだ。

「……しかし、これは守備《しゅび》のときのモノと考《かんが》えろ。」

絵心《えご》は、そう前置《まえお》きした。

「攻撃時《こうげきじ》は、この中核《ちゅうかく》のキーマン――烏旅人《カラスたびと》が位置《いち》を下《さ》げ、CB《センターバック》の二人《ふたり》――蟻生十兵衛《ありゅうじゅうべえ》と二子一揮《にこいっき》の間《あいだ》に入《はい》り、3B《スリーバック》を形成《けいせい》する。」

「なるほど。」

烏《カラス》がうなずいた。

「そして、両SB《りょうサイドバック》――千切豹馬《ちぎりひょうま》、蜂楽廻《ばちらめぐる》が位置《いち》を上《あ》げ、3‐6‐1という、中盤《ちゅうばん》に人数《にんずう》をかけた爆薬陣形《ニトロフォーメーション》で戦《たたか》え。」

攻撃時《こうげきじ》は烏《カラス》がDF《ディフェンダー》に回《まわ》るかわりに、攻撃《こうげき》の人数《にんずう》を増《ふ》やし、中盤《ちゅうばん》で一気《いっき》に畳《たた》みかける作戦《さくせん》だ。

「これが、ストライカーだけの人選《じんせん》だからこそ可能《かのう》な、どこからでも点《てん》を奪《うば》える可変《かへん》フォーメーション――超攻撃型《ちょうこうげきがた》〝青い監獄《ブルーロック》〟システムだ。」

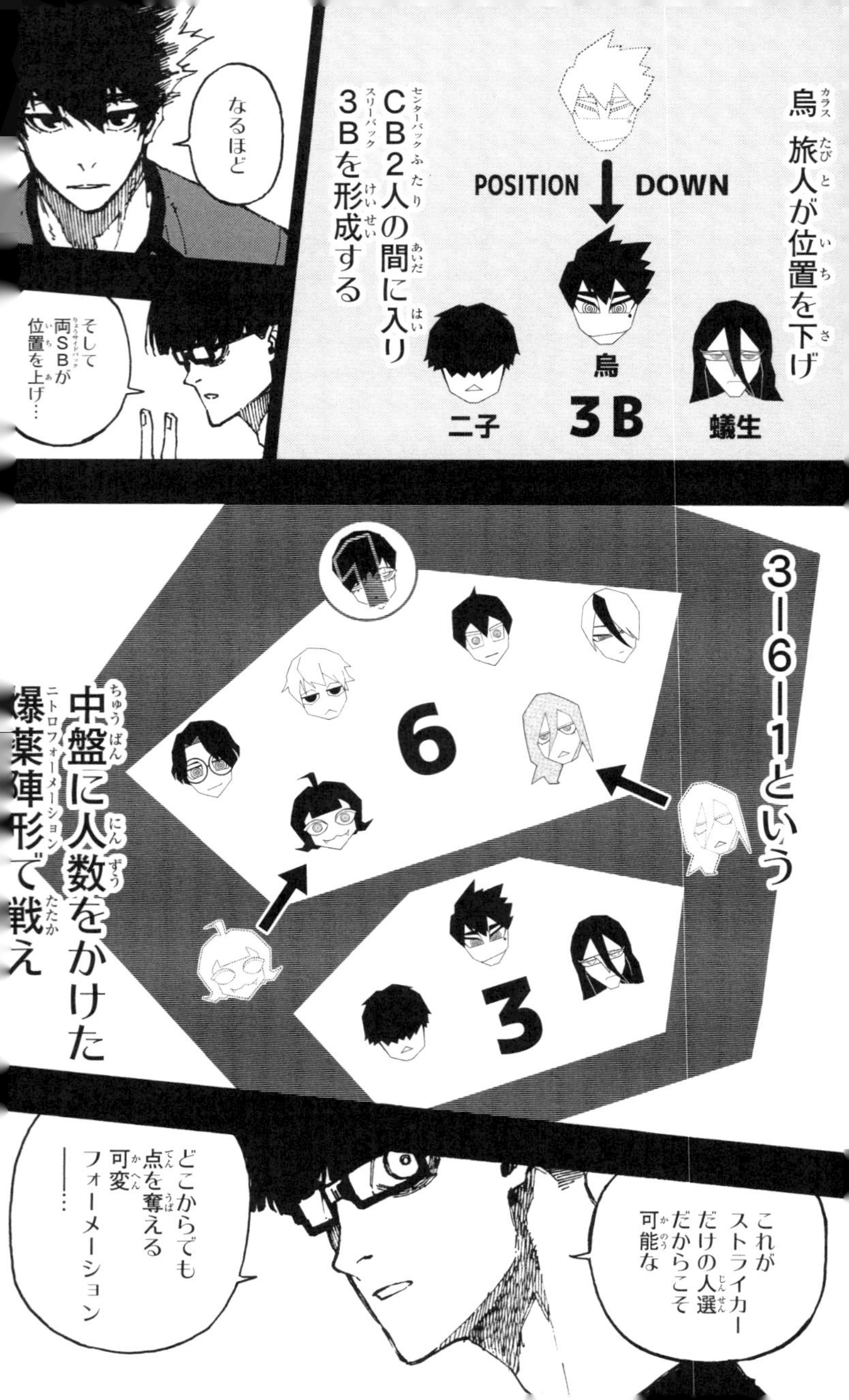
烏《カラス》 旅人《たびと》が位置《いち》を下《さ》げ
CB《センターバック》2人《ふたり》の間《あいだ》に入《はい》り
3B《スリーバック》を形成《けいせい》する
POSITION DOWN
烏
3B
二子
蟻生
なるほど
そして両SB《りょうサイドバック》が位置《いち》を上《あ》げ…
3―6―1という
中盤《ちゅうばん》に人数《にんずう》をかけた
爆薬陣形《ニトロフォーメーション》で戦《たたか》え
6
3
これがストライカーだけの人選《じんせん》だからこそ可能《かのう》な
どこからでも点《てん》を奪《うば》える可変《かへん》フォーメーション――…

〝青い監獄《ブルーロック》〟のキックオフで開始《かいし》したこの試合《しあい》。

蜂楽《ばちら》と千切《ちぎり》は、作戦《さくせん》どおり位置《いち》を上《あ》げ、攻撃《こうげき》に加《くわ》わる。

「手数増《てかずふ》やしたな。」

そうつぶやくのは、U《アンダートゥエンティ》－20代表《だいひょう》、DF《ディフェンダー》四天王《してんのう》の一人《ひとり》、仁王和真《におうかずま》。

その名《な》のとおり、仁王像《におうぞう》を思《おも》わせる強面《こわもて》の選手《せんしゅ》だ。二十歳以下《さいいか》とは思《おも》えない貫禄《かんろく》である。

「ほう。」

同《おな》じくDF《ディフェンダー》でありU《アンダートゥエンティ》－20代表《だいひょう》の主将《キャプテン》――オリヴァ・愛空《アイク》も、〝青い監獄《ブルーロック》〟の出方《でかた》を探《さぐ》っている。

DF《ディフェンダー》に対応《たいおう》される前《まえ》の、この一瞬《いっしゅん》が勝負《しょうぶ》だ。

(いけ！　〝かいぶつ〟!!)

潔《いさぎ》のパスに飛《と》びこんだのは、蜂楽《ばちら》だ。

「発射《はっしゃ》ブーン♪」

蜂楽《ばちら》のドリブルで、敵陣《てきじん》を切《き》り裂《さ》く作戦《さくせん》だ。

「おっとと。」

それをカバーするのは、U－20代表《アンダートゥエンティだいひょう》、DMF《ボランチ》の颯波留《はやてはる》。

線《せん》が細《ほそ》い痩《や》せ型《がた》で、髪《かみ》がウニのように逆立《さかだ》っている。

「来《く》るかい、坊《ぼっ》ちゃん？」

つかみどころのない雰囲気《ふんいき》をまとって、颯《はやて》が言《い》う。

「ようござんすか？」

蜂楽《ばちら》は、ぺろりと舌《した》なめずり。

そして、ボールを左右《さゆう》の足《あし》の間《あいだ》で移動《いどう》させる、ダブルタッチフェイント！

(疾《はや》い……!!　——から、来《く》る!!)

前《まえ》のめりになった蜂楽《ばちら》に、颯《はやて》も足《あし》を出《だ》そうとするが——。

「!?」

蜂楽《ばちら》は玉乗《たまの》りのようにボールに体重《たいじゅう》を乗《の》せ、トップスピードのまま回転《ルーレット》！

「いっくぜ!!」

右足《みぎあし》でボールを引《ひ》き、くるりと半回転《はんかいてん》して颯《はやて》の左横《ひだりよこ》をすり抜《ぬ》ける！

空中突進回転《エアラッシュターン》!!
蜂楽《ばちら》のスーパードリブルに、会場《かいじょう》の観客《かんきゃく》たちから感嘆《かんたん》の声《こえ》が漏《も》れる。
(……からの！　間髪《かんはつ》入《い》れず、ゴール前《まえ》!!)
戦場内《フィールドない》を見渡《みわた》し、パスの相手《あいて》を探《さが》す。
凛《りん》……凪《なぎ》……。
(違《ちが》う!!　そこじゃない——俺《おれ》の最高《さいこう》のプレーに、最適《ドンピ》で連動《れんどう》してんのは——。)
——見《み》つけた。
一人《ひとり》、裏《うら》に抜《ぬ》け出《だ》す潔《いさぎ》の姿《すがた》を。
「やっぱ潔《いさぎ》じゃん♪」
蜂楽《ばちら》は嬉《うれ》しくなった。
この大舞台《おおぶたい》でも、自分《じぶん》の思《おも》い描《えが》く最高《さいこう》の世界《せかい》に、真《ま》っ先《さき》に来《き》てくれたのは潔《いさぎ》だ。

愛《あい》してるぜ、相棒《あいぼう》──。

U《コ》-《イ》20《ツ》代表《ら》も、この戦場《フィールド》も……。

蜂楽《おれたち》・潔二人《ふたり》でブッ壊《こわ》ぞ!!


蜂楽《ばちら》の鋭《するど》いロングパス!!

(裏抜《うらぬ》けた! マジ完璧《かんぺき》だ、蜂楽《ばちら》!! お前《まえ》のドリブルを一番信《いちばんしん》じてんのは俺《おれ》だ──!)

DF《ディフェンダー》が反応《はんのう》する前《まえ》に、潔《いさぎ》はボールにむかって加速《かそく》する。


いける!!

潔《おれ》・蜂楽《たち》のサッカーは、U《コ》-《イ》20《ツ》代表《ら》にも突《つ》き刺《さ》さる!!

あとは、シュートだけ──!


その瞬間《しゅんかん》──目《め》の前《まえ》で、大蛇《だいじゃ》が牙《きば》をむいた。

毒蛇《どくへび》が獲物《えもの》を丸《まる》のみするように、オリヴァ・愛空《アイク》が空中《くうちゅう》でヘディングカット!

「な……⁉」
マジかよ⁉
なんでいる、いる⁉
一人《ひとり》抜《ぬ》け出《だ》したはずのゴール前《まえ》に、先回《さきまわ》りされている。
「うっそん。届《とど》く、それ……？」
蜂楽《ばちら》もあっけにとられた。
タッチラインを越《こ》えたボールに、レフェリーが「ピッ。」とホイッスルを吹《ふ》く。
（なんだ⁉　今《いま》の……読《よ》まれてた⁉　いや、抜《ぬ》け出《だ》しもパスも完璧《かんぺき》だった……‼）
初見《しょけん》の連動《れんどう》に、ドンピシャで追《お》いつくなんて、まず無理《むり》だ。
それなのに、愛空《アイク》は軽々《かるがる》とクリアした。
予測《よそく》……⁉

ISAGI

U-20
日本代表
CB
オリヴァ・愛空《アイク》
OLIVER AIKU
!!?
な

反応《はんのう》……⁉

いや、もしくは……全部《ぜんぶ》──⁉

プレイヤーの位置《いち》も、俺《おれ》のスピードも、パスの落下点《らっかてん》も……⁉

潔《いさぎ》の頬《ほお》を、冷《ひ》や汗《あせ》がつたう。

始《はじ》めから潔《いさぎ》をマークしていたワケでもない。
全部視《ぜんぶみ》て、あの一瞬《いっしゅん》で反射しなければ、説明《せつめい》のつかないカバーリングだ。
(「視野《しや》」、「頭脳《ずのう》」、「身体能力《しんたいのうりょく》」──。どんな能力値《パラメーター》してんだ、コイツ……⁉)

これがU－20代表《アンダートゥエンティだいひょう》DF《ディフェンダー》──主将《キャプテン》 オリヴァ・愛空《アイク》‼

「知《し》ってるか、〝青い監獄《ブルーロック》〟11番《ばん》。」
愛空《アイク》が、潔《いさぎ》のほうを振《ふ》り向《む》いた。
「よく……ストライカーは〝泥棒《どろぼう》〟、DF《ディフェンダー》は〝警察《けいさつ》〟にたとえられる。──俺《おれ》の眼《め》の届《とど》くところじゃ、得点《ゴール》は盗《ぬす》ませねぇよ、コソ泥《どろ》ちゃん。」

ニヤリと笑《わら》った愛空《アイク》の色ちがいの瞳《オッドアイ》が、怪《あや》しく光《ひか》った。

「愛空《アイク》！」「愛空《アイク》！」

「愛空《アイク》！」「愛空《アイク》！」

観客《かんきゃく》から、愛空《アイク》コールが波《なみ》のように巻《ま》き起《お》こる。

（潔・蜂楽《おれたち》のMAX《マックス》のプレーが、一瞬《いっしゅん》で見抜《みぬ》かれて封《ふう》じられた……。こんなに凄《すご》いのか、U－20代表《アンダートゥエンティだいひょう》……。）

潔《いさぎ》は、ぐっとこぶしを握《にぎ》る。


面白《おもしれ》え。

見《み》つけたぞ――俺《おれ》が〝挑戦《ちょうせん》〟したい存在《ヤツ》!!

「やってみろよ、お巡《まわ》りさん。首輪《くびわ》つけといたほうがいいぜ？」

「あいあい。」

挑発《ちょうはつ》する潔《いさぎ》に、愛空《アイク》は不敵《ふてき》な笑《え》みを返《かえ》す。
奇跡《きせき》のゴールを実現《じつげん》するための、挑戦的集中状態《ちょうせんてきしゅうちゅうじょうたい》――「FLOW《フロー》」。
この試合《しあい》のなかで、必《かなら》ずたどり着《つ》いてみせる。
愛空《コイツ》が俺《おれ》を、「FLOW《フロー》」へ導《みちび》く目標《かべ》――!!

第114話 カルテット

『オリヴァ・愛空《アイク》、スーパークリア!!　どーですか、夏木《なつき》さん!』

実況《じっきょう》の照朝熱人《てれあさあつと》が、興奮気味《こうふんぎみ》に叫《さけ》ぶ。

『さすがは堅守速攻《けんしゅそっこう》チーム〝ダイヤモンド世代《せだい》〟の主将《キャプテン》!!　シビれるねぇ!』

熱《ねつ》のこもった解説《かいせつ》が売《う》りの夏木春太郎《なつきはるたろう》も、思《おも》わず両手《りょうて》でサムズアップ。

鳴《な》りやまない「愛空《アイク》コール」のなか、潔《いさぎ》は愛空《アイク》のプレーを分析《ぶんせき》する。

(今《いま》のプレーはたぶん……最終《さいしゅう》ラインから、パスの出《で》どころと全体《ぜんたい》のポジションを視《み》た上《うえ》での守備《ディフェンス》!!)

全《すべ》てを一瞬《いっしゅん》で把握《はあく》して、一番危険《いちばんきけん》な蹴撃点《シュートポイント》へ迷《まよ》いなく走《はし》りこむ――。そうでなければ成《せい》立《りつ》しない、超絶断守《スーパークリア》だ。

(俺《おれ》がゴール前《まえ》で使《つか》いたい〝反射《はんしゃ》〟を、愛空《あいつ》は守備《ディフェンス》で使《つか》いこなしてるとしか思《おも》えない!!)

それに加《くわ》えて、愛空《アイク》の強靭《きょうじん》な身体能力《しんたいのうりょく》。

いくら、超人的《ちょうじんてき》な守備《しゅび》を思《おも》い描《えが》けても、身体《からだ》が追《お》いつかなければ意味《いみ》がない。

空間認識力《くうかんにんしきりょく》の高《たか》い「眼《め》」と、ダッシュ、ジャンプに長《た》けた「肉体《にくたい》」……。

それらをフル活用《かつよう》することで、神業《かみわざ》を実現《じつげん》している。

潔《いさぎ》たちも、U－20代表《アンダートゥエンティだいひょう》のことは、事前《じぜん》にVTR《ブイティーアール》で研究《けんきゅう》していたけれど……。

(実際《じっさい》に戦《たたか》ってみると、全然違《ぜんぜんちが》う……。)

今《いま》まで戦《たたか》ってきたDF《ディフェンダー》とは、守備《しゅび》に対《たい》する次元《じげん》が違《ちが》う!!

これが、本物《ほんもの》のDF《ディフェンダー》!!

これが、オリヴァ・愛空《アイク》――!!

愛空《コイツ》を潰《つぶ》さなきゃ、この試合《しあい》には勝《か》てない!!

〝青い監獄《ブルーロック》〟、千切《ちぎり》のスローインで試合再開《リスタート》だ。
もう一度《いちど》、潔《いさぎ》を中心《ちゅうしん》に攻撃《こうげき》を組《く》み直《なお》す。
（……とはいえ、正面《しょうめん》からの中央突破《ちゅうおうとっぱ》はキツい……。凛・凪《アイツら》といくらパス回《まわ》ししても、
愛空《アイク》に見張《みは》られてるウチは簡単《かんたん》には崩《くず》せない……!!）

――だったら、〝裏《うら》〟だ!!

〝青い監獄《おれたち》〟の攻撃《こうげき》の、第《だい》二の選択肢《せんたくし》――。

右《みぎ》サイドから抜《ぬ》けろ、乙夜《おとや》!!


「ちゅーす。隠密突破《おんみつとっぱ》。」

〝動き出し《オフ・ザ・ボール》〟と〝俊敏性《クイックネス》〟が武器《ぶき》のRWG《ライトウィング》・乙夜影汰《おとやえいた》は、抜《ぬ》き足《あし》、差《さ》し足《あし》――戦場《フィールド》の陰《かげ》にひそむ。

「匂《にお》う。匂《にお》う。ワシには視《み》えとるぞ、その動き《ムーブ》。」

しかし――U－20代表《アンダートゥエンティだいひょう》、LSB《レフトサイドバック》の蛇来弥勒《だらいみろく》が、乙夜《おとや》を止《と》めた。

全身《ぜんしん》に刺青風《タトゥーふう》の独特《どくとく》なボディーペイントを施《ほどこ》している、奇抜《きばつ》なスタイルの選手《せんしゅ》だ。

「なんだてめー。イレズミ坊主《ぼうず》？」

乙夜《おとや》と蛇来《だらい》がにらみあう。

「戦場《フィールド》は──『陰《いん》』と『陽《よう》』、『表《おもて》』と『裏《うら》』が在《あ》る。」

つぶやいた蛇来《だらい》に構《かま》わず、乙夜《おとや》はするりとかわす。

しかし──。

「ボールを持《も》ち、『表《おもて》』に立《た》つプレイヤーと、『裏《うら》』で暗躍《あんやく》し、一撃必殺《いちげきひっさつ》を狙《ねら》う影《かげ》。」

すぐに行《ゆ》く手《て》をはばまれた。フェイントでかわそうとしても、封《ふう》じられる。

（……俺《おれ》の動き出し《オフ・ザ・ボール》についてきやがる!?）

「残念《ざんねん》だな、忍者《にんじゃ》。ワシも同類《どうるい》じゃ。」

蛇来《だらい》の動《うご》きは、まるで乙夜《おとや》の思考《しこう》を読《よ》んでいるかのようだ。

「匂《にお》う。匂《にお》う。」

（抜《ぬ》けねぇ……。蛇来《コイツ》……俺《おれ》が抜《ぬ》けたい裏《うら》の領域《ゾーン》に、先回《さきまわ》りしやがる!!）

まるで、蜘蛛《くも》の糸《いと》にからめ取《と》られたように、逃《に》げ場《ば》がない。

「もうちっとマシな忍《しの》び足《あし》で来《こ》んかい、下級忍者《アンダーニンジャ》よ。」

「ウッゼ……。」

返《かえ》す言葉《ことば》もない乙夜《おとや》は、悔《くや》しそうに眉根《まゆね》を寄《よ》せた。

(乙夜《おとや》が……抜《ぬ》け出《だ》させてもらえない!?)

苦戦《くせん》している乙夜《おとや》に、潔《いさぎ》も焦《あせ》る。

(乙夜《おとや》の武器《ぶき》を消《け》す能力《のうりょく》のSB《サイドバック》か……!?　でも理由《カラクリ》わかんね……。アレじゃ、パスが出《だ》せない……!)

「潔《いさぎ》!　思考《しこう》切《き》り換《か》えろ!」

凛《りん》が叫《さけ》ぶ。

「ああ!」

右《みぎ》サイドがダメでも、攻撃《こうげき》のカードなら、いくらでもある。

(ナメんな!　次《つぎ》の選択肢《せんたくし》だ!　行《い》け、逆《ぎゃく》サイ——。)

1on1《ワンオンワン》で潰《つぶ》せ、雪宮《ゆきみや》!!

「やっと来《き》たか。」

ＬＷＧ《レフトウィング》・雪宮剣優《ゆきみやけんゆう》はさわやかに笑《わら》う。

甘《あま》いマスクとは裏腹《うらはら》に、そのプレースタイルは、フィジカルとスピードで押《お》しきる近距離戦士《インファイター》。

「そのメガネ、かっくいー。」

対《たい》するＵ－20代表《アンダートゥエンティだいひょう》のＤＦ《ディフェンダー》は、音留徹平《ねるてっぺい》。丸《まる》くつぶらな瞳《ひとみ》は、あどけない印象《いんしょう》がある。

今《いま》も、人懐《ひとなつ》っこい笑顔《えがお》で雪宮《ゆきみや》のゴーグルを褒《ほ》めている。

「どーも、おチビちゃん。」

雪宮《ゆきみや》は、二、三回《かい》ボールを軽《かる》く転《ころ》がし、ピタリと止《と》めると――一歩引《ぽひ》いて、一気《いっき》に加《か》速《そく》!!

「こっち？」

ボールの動《うご》きにつられた相手《あいて》を一気《いっき》に抜《ぬ》き去《さ》る、瞬間縦一閃《ラ・ボバ》!!

「!?」

置《お》き去《ざ》りにしたはずの音留《ねる》は瞬時《しゅんじ》に切《き》り返《かえ》し、すでに雪宮《ゆきみや》と並走《へいそう》している。

「VTR《ブイティーアール》で観《み》たキミの映像《えいぞう》より速《はや》いね。」

(音留《コイツ》……!?　抜《ぬ》いたハズなのに、ついてきやがる……!　超速型《スピードがた》ディフェンスか!!)

それなら、今度《こんど》は左《ひだり》!!

「こっち?」

また追《お》いつかれた。

音留《ねる》は、笑顔《えがお》を崩《くず》さず言《い》う。

「俺《おれ》はフィジカルゴリゴリの肉食《にくしょく》タイプじゃないけど、速《はや》さじゃ負《ま》けない草食DF《そうしょくディフェンダー》だよ。」

「……ずいぶん勝《か》ち気《き》な草食動物《そうしょくどうぶつ》だコト。」

雪宮《ゆきみや》は引《ひ》きつった笑《え》みを浮《う》かべた。

それでも、なんとか切《き》り開《ひら》こうとボールを蹴《け》り出《だ》すが――。

「こっち?」

瞬間縦一閃《ラ・ボバ》!!
こっち?
!?
VTRで観《み》たキミの映像《えいぞう》より速《はや》いね
音留《コイツ》…!?
抜《ぬ》いたハズなのに…ついて

ついに、音留《ねる》のブロックに弾《はじ》かれた。

〝青い監獄《ブルーロック》〟では、1on1《ワンオンワン》で無敵《むてき》だった雪宮《ゆきみや》が、突破《とっぱ》できない、電光石火《でんこうせっか》SB《サイドバック》──!

(マジか……相性《あいしょう》が悪《わる》い!!)

両翼《ウイング》が折《お》られ、潔《いさぎ》は叫《さけ》ぶ。

「こぼれ球《セカンドボール》!!」

凪《なぎ》が、弾《はじ》かれたボールにむかっていく。

「うっす。」

こぼれ球《だま》に凪《なぎ》が追《お》いつくが、不利《ふり》な状況《じょうきょう》は変《か》わらない。

(こりゃ、ちと崩《くず》すのムジぃな……。トラップで正面《しょうめん》むいてから──。)

凪《なぎ》が、体勢《たいせい》を立《た》て直《なお》そうとしたとき──。

「阻止《そし》!! 滅殺《めっさつ》!!」

ドンッと、凪《なぎ》の背中《せなか》を衝撃《しょうげき》が襲《おそ》う。

強烈《きょうれつ》なタックルで背後《はいご》をせき止《と》めるのは、仁王和真《におうかずま》だ。

「お前《まえ》に自由《じゆう》なんか与《あた》えねぇよ!! スーパートラッパー!!」

仁王《におう》は、迫力《はくりょく》のある顔《かお》で凄《すご》む。

(体寄せ《プレス》速《はや》っ……!!　圧《あつ》が凄《すげ》ぇな……。体幹《たいかん》も強《つよ》い。)

コンクリートの壁《かべ》を押《お》しているかのような堅《かた》さだ。

(ゴールを向《む》いて、仕事《プレー》できない!!)

凪《なぎ》にトラップの選択肢《せんたくし》を与《あた》えない体寄せ《プレス》。

仁王《におう》は……パワー型《がた》プレスマン!!

凪《なぎ》をガッシリとらえて、仁王《におう》が叫《さけ》ぶ。

「ドーベルマンと呼《よ》べ!!」

「……アンタ番犬《ばんけん》かよ。」

「ああ。主人《しゅじん》が来《く》るぜ——。」

番犬《ばんけん》に見《み》つかった泥棒《どろぼう》の元《もと》には、警察《けいさつ》がやってくる——。

「いい子《こ》だ、仁王《におう》。」

愛空《アイク》が、横《よこ》から凪《なぎ》のボールを奪《うば》い取《と》る。

「あ。」

（ここに愛空《アイク》⁉）

凪《なぎ》はバランスを崩《くず》し、あっけなくボールを奪《うば》われた。

（凄《すげ》ぇ……‼　抜《ぬ》け目《め》のない守備《しゅび》の連鎖《れんさ》からの、ボール奪取《だっしゅ》‼）

敵《てき》ながらため息《いき》が出《で》るほどのプレーに、潔《いさぎ》は感心《かんしん》してしまう。

四人《にん》のＤＦ《ディフェンダー》は、まるで、一体《たい》の巨大《きょだい》な生《い》き物《もの》のように、ゴールの前《まえ》に立《た》ちはだかっている。

「ナイス、愛空《アイク》。」

ＬＳＢ《レフトサイドバック》、蛇来弥勒《だらいみろく》。

「ズッポシ‼」

ＲＳＢ《ライトサイドバック》、音留徹平《ねるてっぺい》。

「シャア‼」

ＣＢ《センターバック》、仁王和真《におうかずま》。

そして――。

「止《と》まってんゼ、〝青い監獄《ブルーロック》〟？」

主将《キャプテン》、オリヴァ・愛空《アイク》。

これが――U《アンダー》－20《トゥエンティ》代表《だいひょう》の鉄壁《てっぺき》の守備4傑《カルテット》!!

愛空《アイク》は不敵《ふてき》に笑《わら》い、最終《さいしゅう》ラインから、前線《ぜんせん》へ一気《いっき》に縦《たて》パス！

(やられた!!)

気《き》づいたときには、もう遅《おそ》い。

一瞬《いっしゅん》のスキを逃《のが》さない、攻守反転《こうしゅはんてん》!!

愛空《アイク》のロングパスが一直線《いっちょくせん》にむかう、その先《さき》に――糸師冴《いとしさえ》！

「さぁ、魅《み》せてみろ、天才《てんさい》ちゃん。お披露目《ひろめ》の時間《じかん》だぜ。」

日本中《にほんじゅう》が待《ま》ち望《のぞ》んだ若《わか》き天才《てんさい》に、今《いま》、ボールが渡《わた》された。

鉄壁《てっぺき》の守備《カルテット》4傑!!
ナイス愛空《アイク》
ズッポシ!
U-20
日本代表
LSB
蛇来弥
DARAI MIROKU
U-20
日本代表
RSB
音留徹平
NERU TEPPEI
U-20
日本代表
CB
仁王和真
NIOU KAZUMA
シャア!!
止《と》まってんゼ“青い監獄《ブルーロック》”?
U-20
日本代表
CB
オリヴァ・愛空
OLIVER AIKU

第115話

糸《いと》師《し》冴《さえ》

『さぁ、ここでボールは糸師冴《いとしさえ》へ‼』

スタジアムでは、大歓声《だいかんせい》が巻《ま》き起《お》こる。

観客《かんきゃく》たちの熱狂《ねっきょう》にひるむことなく、千切《ちぎり》は冴《さえ》とマッチアップ。

(させるかよ‼　カウンターへの防衛対策《リスクヘッジ》は織《お》りこみ済《ず》み‼)

守備《しゅび》が弱《よわ》い〝青い監獄《ブルーロック》〟は、何度《なんど》もカウンターの対策《たいさく》を重《かさ》ねてきた。

両SB《りょうサイドバック》の千切《ちぎり》と蜂楽《ばちら》は、連動《れんどう》して位置《ポジション》を入《い》れ替《か》える。

蜂楽《ばちら》が位置《ポジション》を上《あ》げるときは、千切《ちぎり》は下《さ》がって守備役《しゅびやく》にまわり、バランスを取《と》る決《き》まりだ。

(俺《おれ》のスピードで、抜《ぬ》かせない！)

糸師《いとし》冴《さえ》…!!
さぁ魅《み》せてみろ天才《てんさい》ちゃん
お披露目《ひろめ》の時間《じかん》だぜ
U-20
日本代表
OMF
糸師《いとし》冴《さえ》
ITOSHI SAE

千切《ちぎり》がむかってくるのを見《み》るなり、冴《さえ》は、即座《そくざ》にパスを上《あ》げる。

(は⁉　もう前線《ぜんせん》にパス⁉　判断速《はんだんはや》っ‼　こっちに考《かんが》える時間《じかん》くれない……‼)

守《まも》りを固《かた》めるヒマもない。

(つーか……50メートル以上《いじょう》の低弾道中速《ていだんどうちゅうそく》ロングフィードとかいう、激難《ゲキムズ》キックかよ⁉)

とっさのパスとは思《おも》えない正確《せいかく》さ。

冴《さえ》のパスは、左《ひだり》サイド――U－20代表《アンダートゥエンティだいひょう》LWG《レフトウィング》・超健人《ちょうけんと》へ。

「素《す》、晴《ば》らしい。」

ポーカーフェイスで、朴訥《ぼくとつ》とした印象《いんしょう》の超《ちょう》がボールをトラップ。

「待《ま》った。」

超《ちょう》の侵攻《しんこう》を防《ふせ》ぐのは、〝青い監獄《ブルーロック》〟蟻生十兵衛《ありゅうじゅうべえ》。

「**俺**《おれ》、が相手《あいて》だ。マネキン肉《にく》マン。」

サラサラのロングヘアをなびかせる蟻生《ありゅう》は、恵《めぐ》まれた長身《ちょうしん》と抜群《ばつぐん》のスタイルで、空中戦《くうちゅうせん》を得意《とくい》としている。……ただ少《すこ》し、いやかなり、美的感覚《びてきかんかく》のクセが強《つよ》い。

「嫌《いや》。キツネ。」

超《ちょう》は間髪《かんはつ》入《い》れず、RWG《ライトウィング》・狐里輝《きつねざとてる》へパス。

「よっし。ナイス、超《ちょう》くん。」

狐里《きつねざと》は、カラフルに染《そ》めた髪《かみ》をひとつにくくった、小柄《こがら》な選手《せんしゅ》。名前《なまえ》のとおり、顔《かお》もキツネそっくりだ。

「『時間《じかん》かけずサクサク前《まえ》へ』！　これ、カウンターの基本《きほん》♪」

軽《かる》く蹴《け》り出《だ》した狐里《きつねざと》を、今度《こんど》は、〝殺《ころ》し屋《や》〟烏旅人《カラスたびと》が阻《はば》む。

「想定内《そうていない》や。やってみぃ、ちんちくりん。」

「想定内《そうていない》？」

狐里《きつねざと》は、おかしそうに笑《わら》う。

「そりゃ、こっちも同《おな》じだよ。」

そして、ノールックでアウトサイドパス。

そこに走《はし》りこんでくるのは――糸師冴《いとしさえ》。

（ヤバ……!!　ゴール前《まえ》ミドルレンジで、糸師冴《いとしさえ》が自由《フリー》!!）

U－20代表《アンダートゥエンティだいひょう》のほうが、一枚上手《いちまいうわて》だ。

糸師冴《いとしさえ》から始《はじ》まり、糸師冴《いとしさえ》で終《お》わる攻撃《こうげき》の形《かたち》。
この堅守速攻《けんしゅそっこう》カウンターが、U－20代表《アンダートゥエンティだいひょう》の狙《ねら》い――。
「二子《にこ》!!」
烏《カラス》が、二子一揮《にこいっき》の名《な》を叫《さけ》ぶ。
「大丈夫《だいじょうぶ》、行《い》ってます！」
すでに走《はし》り出《だ》していた二子《にこ》は、冴《さえ》と1対《たい》1で対峙《たいじ》する。
CB《センターバック》の二子《にこ》は、ゴール前《まえ》の最終防衛《さいしゅうぼうえい》ライン。
（……撃《う》たせるな！　シュートコースに入《はい》れ！）
いつ仕掛《しか》けてくるかわからない。
張《は》り詰《つ》めた緊張《きんちょう》で、息《いき》をするのも忘《わす》れるほどだ。
冴《さえ》とにらみ合《あ》うこの一瞬《いっしゅん》が、途方《とほう》もなく長《なが》く感《かん》じる。

一秒《びょう》……稼《かせ》げ……!!
そしたら――千切《ちぎり》くんが戻《もど》ってくる!!

「ナイス、二子《にこ》……！」

駆《か》けつけた千切《ちぎり》は、激《はげ》しいプレスで、冴《さえ》を押《お》さえつける。

(来《き》た！　挟《はさ》んだ!!)

これで2対《たい》1！


糸師冴《いとしさえ》を、消《け》した――！


その希望《きぼう》は、一瞬《いっしゅん》で打《う》ち砕《くだ》かれた。

ふわりと、冴《さえ》がつま先《さき》でボールを蹴《け》り上《あ》げる。

千切《ちぎり》と二子《にこ》に挟《はさ》まれながら、針《はり》の穴《あな》を通《とお》すような繊細《せんさい》なパス。

「!?」

(ここで……優《やさ》しいタッチ……!?)

二子《にこ》は反応《はんのう》できない。

(俺《おれ》たちのスキマから……絶妙《ぜつみょう》ループパス……⁉)

パスの先《さき》には、ゴール前《まえ》にフリーで抜《ぬ》け出《だ》す、U－20《アンダートゥエンティ》代表《だいひょう》エース、CF《センターフォワード》の閃堂秋人《せんどうしゅうと》！

「しゃおら！」

千切《ちぎり》はぞっとした。あの狭《せま》い視界《しかい》の中《なか》で、閃堂《せんどう》の動《うご》きをとらえていた糸師冴《いとしさえ》──。

(どこまで視《み》えてやがる……⁉)

誰《だれ》も、カバーが間《ま》に合《あ》わない。

「我牙丸《ががまる》！」

千切《ちぎり》はすがる気持《きも》ちで、GK《ゴールキーパー》・我牙丸吟《ががまるぎん》の名《な》を叫《さけ》ぶ。

閃堂《せんどう》がボールをトラップ。シュートの態勢《たいせい》に入《はい》る。

「あ。ヤバ……。」

我牙丸《ががまる》が小《ちい》さくつぶやく。

(来《く》る……‼)

我牙丸《ががまる》は、たった二週間練習《しゅうかんれんしゅう》しただけの、GK初心者《ゴールキーパーしょしんしゃ》だ。

GK《ゴールキーパー》の仕事《プレー》なんて、正直《しょうじき》まだよくわからない。
でも――我牙丸《ががまる》には、他《ほか》の選手《せんしゅ》には真似《まね》できない強力《きょうりょく》な〝武器《ぶき》〟がある。
閃堂《せんどう》の放《はな》つシュートが、カーブを描《えが》いてゴール右側《みぎがわ》へ飛《と》んでくる。
(右《そっち》……。)

跳《と》べ!!
神経伝達《シナプス》――俺《おれ》の、超反応《ちょうはんのう》!!

ボンッ!!
我牙丸《ががまる》の右手《みぎて》が、見事《みごと》にボールをクリア。
(我牙丸《ががまる》パーンチ!)
我牙丸《ががまる》の〝武器《ぶき》〟は、強力《きょうりょく》な身体《しんたい》のバネ。
それを使《つか》って、ボールのむかう先《さき》を見《み》てから、跳《と》んで弾《はじ》き出《だ》す。
「な……!?」

セーブされるとは思《おも》ってもみなかった閃堂《せんどう》は、あぜんとする。

「ナイス、我牙丸《ががまる》！」千切《ちぎり》が叫《さけ》ぶ。

「まだ、インプレー！　糸師冴《いとしさえ》いったぞ！」

我牙丸《ががまる》は、倒《たお》れながら叫《さけ》んだ。

すでに、糸師冴《いとしさえ》は、こぼれ球《だま》に走《はし》っている。

「OK《オーケー》、俺《おれ》いく!!」

千切《ちぎり》はチームメイトに声《こえ》をかけながら、冴《さえ》の背中《せなか》を追《お》う。

「来《く》るぞ、もっかい！　センタリング警戒《けいかい》！」

千切《ちぎり》は、走《はし》りながら指示《しじ》を出《だ》す。

左《ひだり》サイド、ゴールにむかって斜《なな》め直線《ちょくせん》の位置《いち》だ。

この位置《いち》からのセンタリングはかなり厳《きび》しい。

(角度《かくど》はない……凌《しの》ぐ……!!)

我牙丸《ががまる》が構《かま》えた瞬間《しゅんかん》——。

ドンッ!!

ほぼ垂直《すいちょく》に蹴《け》り上《あ》げられたボールが、ゴ、ー、ル、め、が、け、て、鋭《するど》い角度《かくど》で落下《らっか》する。

(撃《う》っ……!?)

センタリングを警戒《けいかい》していた我牙丸《ががまる》は、反射《はんしゃ》で跳《と》ぶ。

しかし、すでに頭上《ずじょう》を越《こ》えたボールには、のけぞっても届《とど》かない。

「あ。」

我牙丸《ががまる》の絶望《ぜつぼう》の声《こえ》。

観客《かんきゃく》は息《いき》を飲《の》み、潔《いさぎ》と凛《りん》は、その一瞬《いっしゅん》に釘付《くぎづ》けになった。

ゴール右《みぎ》のサイドネットに、寸分《すんぶん》の狂《くる》いもない正確《せいかく》なシ、ュ、ー、ト、が叩《たた》きつけられた。

U《アンダー》－20代表《トゥエンティだいひょう》――糸師冴《いとしさえ》、初《はつ》GOAL《ゴール》!!

瞬間《しゅんかん》、スタジアムは割《わ》れんばかりの大歓声《だいかんせい》に包《つつ》まれた。

冬《ふゆ》の寒空《さむぞら》の下《した》にもかかわらず、会場《かいじょう》には熱気《ねっき》がたちこめている。

「やっべ……!!」

無意識《むいしき》に、潔《いさぎ》の口《くち》から言葉《ことば》が漏《も》れた。

(凄《すっげ》ぇ……!! あの位置《いち》から縦直下回転《ラインドライブ》シュート!? センタリングを待《ま》ってた、全選手《ぜんせんしゅ》をあざ笑《わら》うスーパーゴール!!)

あんな位置《いち》からシュートしようなんて……いや、「しよう」と思《おも》っても、できることじゃない。

シュートまでのプレー全部《ぜんぶ》にも、どれだけのキック技術《ぎじゅつ》が詰《つ》まってた!?

「冴《さーえ》!! 冴《さーえ》!!」

「冴《さーえ》!! 冴《さーえ》!!」

冴《さえ》の名《な》を呼《よ》ぶ大観衆《だいかんしゅう》のなか、潔《いさぎ》はようやく理解《りかい》する。

「そーゆーコトか……。」

これが——日本中《にほんじゅう》が待《ま》ち望《のぞ》んだ天才《てんさい》!!

この試合《しあい》の主役《しゅやく》は、糸師冴《いとしさえ》なんだ‼

そして〝青い監獄《おれたち》〟は──糸師冴《いとしさえ》のための、ただの〝悪役《ヒール》〟‼

誰《だれ》も、俺《おれ》たちなんか見《み》てない‼


この試合《しあい》の勝敗《しょうはい》は、始《はじ》まる前《まえ》に決《けっ》している。

国民《こくみん》は冴《さえ》の勝利《しょうり》を望《のぞ》んでいて、〝青い監獄《ブルーロック》〟はその〝盛《も》り上《あ》げ役《やく》〟でしかない。

その事実《じじつ》に、潔《いさぎ》の気持《きも》ちが揺《ゆ》らぎかけた。

「飲《の》まれんな、潔《いさぎ》……。」

振《ふ》りむくと、凛《りん》が立《た》っていた。

「お前《まえ》は俺《おれ》だけを見《み》てろ。」

視線《しせん》もあわせず、凛《りん》は言《い》う。

「凛《りん》……！」

その横顔《よこがお》の険《けわ》しさに、潔《いさぎ》はハッとした。

凛《りん》の眼《め》は、ただまっすぐ。

深《ふか》い憎《にく》しみをこめて、糸師冴《いとしさえ》の背中《せなか》をにらみつけていた。

「九十分後《ぷんご》、俺《おれ》がこの歓声《かんせい》を悲鳴《ひめい》に変《か》えてやる。」

第116話

復讐者《リベンジャー》

『U－20《アンダートゥエンティ》代表《だいひょう》！　糸師冴《いとしさえ》のゴールで先制《せんせい》!!　超満員《ちょうまんいん》の観客《かんきゃく》は総立《そうだ》ちです!!』

『アハハ！　やっぱ天才《てんさい》だよ、糸師冴《いとしさえ》！　天才《てんさい》のデビューだねぇ!!』

実況《じっきょう》の照朝《てれあさ》と解説《かいせつ》の夏木《なつき》は、沸《わ》き立《た》つ観客《かんきゃく》の熱気《ねっき》に盛《も》り上《あ》がる。

『これが糸師冴《いとしさえ》の実力《じつりょく》！　我々《われわれ》は今日《きょう》、英雄《えいゆう》の誕生《たんじょう》を目撃《もくげき》しているのかもしれません！』

戦場《フィールド》では、U－20《アンダートゥエンティ》代表《だいひょう》チームも、初《はつ》ゴールに沸《わ》いていた。

「すっげーシュート！」

「スーパーゴールじゃん、冴《さえ》くん！」

音留《ねる》と狐里《きつねざと》が冴《さえ》に駆《か》け寄《よ》る。

狐里《きつねざと》がハイタッチを求《もと》めると、冴《さえ》はそれをパシッと払《はら》いのけた。

「触《さわ》んな、ヘボども。」

冷《つめ》たく突《つ》き放《はな》し、そしてＦＷ《フォワード》の閃堂《せんどう》へ向《む》き直《なお》る。

「三回《かい》。──俺《おれ》が、シュートを狙《ねら》えたチャンスの数《かず》だ。」

冴《さえ》が言《い》う。

「それを殺《ころ》して、お前《まえ》らへのパス供給《きょうきゅう》に俺《おれ》の時間《じかん》を割《さ》いてやった。……サルでも決《き》めれる決定機《けっていき》をそのゴミが外《はず》したから、イラついて撃《う》っただけだ。」

「く……。サル……ゴミ……！」

閃堂《せんどう》は言葉《ことば》にならない。冴《さえ》の言《い》い方《かた》はムカツクが、シュートを外《はず》したのは事実《じじつ》だ。

「まーまー、ありゃあっちのＧＫ《キーパー》も上手《うま》かったじゃん？」

愛空《アイク》が、主将《キャプテン》らしくフォローする。

「あ？　ゴール以外《いがい》にストライカーの価値《かち》なんかねーんだよ……。」

それを、冴《さえ》は軽《かる》くあしらった。

「ＭＦ《ミッドフィルダー》の俺《おれ》より得点能力低《とくてんのうりょくひく》い人間《ヤツ》を、俺《おれ》はストライカーとは認《みと》めない。」

はっきりと言《い》いきる冴《さえ》に、愛空《アイク》は薄《うす》く笑《わら》う。

「厳《きび》しいね、天才《てんさい》ちゃん。そしたら日本《にほん》に何人《なんにん》いんのよ、ストライカー。」

「それを確《たし》かめるための試合《しあい》だ。」

そして、閃堂《せんどう》をにらみつける。

「次《つぎ》はないぞ、サル以下野郎《いかやろう》。」

「く……。」

閃堂《せんどう》は、悔《くや》しそうにうめくばかり。

「まーまー、まだ始《はじ》まったばっかだ、閃堂《せんどう》。」

愛空《アイク》が、閃堂《せんどう》の肩《かた》を抱《だ》く。

「機会《チャンス》を逃《のが》すな。」

「ああ、愛空《アイク》。U－20《アンダートゥエンティ》は俺《おれ》のチームだ。」

閃堂《せんどう》にだって、FW《フォワード》として、ゆずれないものがある。

「くっそ……止《と》めたのにさぁ……。」

一方《いっぽう》、ＧＫ《ゴールキーパー》我牙丸《ががまる》は、口《くち》をとがらせてぼやいていた。

「オシャセーブだったぞ、Mr.超反応《ミスターちょうはんのう》。俺《おれ》は見《み》ていた。」

はげますように、蟻生《ありゅう》が背中《せなか》を叩《たた》いた。

「……それでも、あんな位置《いち》から決《き》めますか……。」

二子《にこ》は、冴《さえ》のプレーに舌《した》を巻《ま》く。

「超守備《ちょうしゅび》からの『堅守速攻《けんしゅそっこう》』。糸師冴《いとしさえ》のせいで、ケタ違《ちが》いに強化《きょうか》されたチームになっちゃってますね。」

「……ああ。」

潔《いさぎ》もうなずいた。

対策《たいさく》は練《ね》っていたとはいえ、やはり、一筋縄《ひとすじなわ》ではいかない。

(敵《てき》はディフェンス四枚《まい》でまず守《まも》りを固《かた》める――そんで、攻撃《こうげき》の決《き》め手《て》に欠《か》けたままボールを奪《うば》われると、糸師冴《いとしさえ》を起点《きてん》とした一気《いっき》の速攻《そっこう》が始《はじ》まる……。)

一人《ひとり》の天才《てんさい》を中心《ちゅうしん》に、全員《ぜんいん》が無駄《むだ》なく動《うご》いている。

これがU《アンダートゥエンティ》－20代表《だいひょう》の戦法《スタイル》‼

……どうやって壊《こわ》す⁉

＊＊＊

〝青い監獄《ブルーロック》〟のベンチでは――。

「……最終合宿《さいしゅうがっしゅく》で練習《れんしゅう》してきたこっちの戦《たたか》い方《かた》が、通用《つうよう》してませんね……。大丈夫《だいじょうぶ》なんですか、絵心《えご》さん……？」

試合《しあい》を見守《みまも》っていた、日本《にほん》フットボール連合職員《れんごうしょくいん》の帝襟《ていえり》アンリは、不安《ふあん》げに絵心《えご》を見《み》た。

「うん、まぁ。こんなもんでしょ？」

絵心《えご》は、あっけらかんと言《い》った。

「え⁉　そんな投《な》げやりな……。」

「だって、練習は練習だよ、アンリちゃん。練習に必要《ひつよう》なのは、所詮《しょせん》、ノンストレスで発《はっ》揮《き》するただの技術だ。」

絵心《えご》は、当然《とうぜん》というふうに言《い》った。

「どこの世界《せかい》でも同《おな》じで、練習《れんしゅう》では凄《すご》いパフォーマンスを出《だ》せるのに、『本番《ほんばん》』じゃイマイチって人間《ヤツ》いるでしょ。」

「あ……なんとなく、自分《じぶん》も経験《けいけん》あります。ピアノの発表会《はっぴょうかい》とかで失敗《しっぱい》したり……。」

アンリも納得《なっとく》する。

「そうそう。練習と『本番《ほんばん》』の決定的《けっていてき》な違《ちが》いは……『負荷《ストレス》』の有無《うむ》だ。」

いままで、閉鎖的《へいさてき》な空間《くうかん》で練習《れんしゅう》してきた〝青い監獄《ブルーロック》〟11傑《イレブン》にとって、今日《きょう》の試合《しあい》はイレギュラーの連続《れんぞく》だ。

会場《かいじょう》は超満員《ちょうまんいん》。相手《あいて》はU－20代表《アンダートゥエンティだいひょう》。

舞台環境《ぶたいかんきょう》、対戦相手《たいせんあいて》――それにともなう、自身《じしん》のコンディション。

メンタルの変化《へんか》。筋肉《きんにく》の硬直《こうちょく》。思考《しこう》の停滞《ていたい》――。

「『本番《ほんばん》』ってのは、負《マイナス》のスパイラルにおちいる要素《ようそ》であふれてる。練習どおりになんか、いくワケないんだ。」

練習《れんしゅう》では成功《せいこう》していた攻撃《こうげき》も、守備《しゅび》も、ことごとく覆《くつがえ》されている。

じりじりと募《つの》る、焦《あせ》りや不安《ふあん》……。


「そんな負荷《ストレス》を打《う》ち破《やぶ》る方法《ほうほう》はただひとつ――『即興《アドリブ》』だ。」


「即興《アドリブ》」――つまり、たった今思いついたプレーの実践《じっせん》だ。

「ええ!?　何《なに》か指示《しじ》は出《だ》さないんですか!?　このまま観《み》てるだけじゃ……。」

アンリはうろたえるが、絵心《えご》は冷静《れいせい》に戦場《フィールド》を見《み》つめていた。

「黙《だま》って信《しん》じてろ。ウチのエゴイストどもは――『本番《ほんばん》』に強《つよ》いよ。」

＊＊＊

一点《てん》を先取《せんしゅ》された〝青い監獄《ブルーロック》〟11傑《イレブン》。

筋肉《きんにく》の硬直《こうちょく》
思考《しこう》の停滞《ていたい》
『本番《ほんばん》』ってのは負《マイナス》のスパイラルに陥《おちい》る要素《ようそ》で溢《あふ》れてる
練習通《どお》りになんかいくワケないんだ
そんな負荷《ストレス》を打《う》ち破《やぶ》る方法《ほうほう》はただひとつ——
『即興《アドリブ》』だ
ええ!? 何《なに》か指示《しじ》は出《だ》さないんですか!?
このまま観《み》てるだけじゃ…

再《ふたた》び、潔《いさぎ》のボールから得点《とくてん》を狙《ねら》う。

……でも、明確《めいかく》な作戦《さくせん》はなかった。

(U－20《アンダートゥエンティ》ディフェンス陣《じん》を壊《こわ》す要素《ピース》が、まだ足《た》りない!!)

あの強靭《きょうじん》な守備《しゅび》を突破《とっぱ》しなければ、ゴールまで辿《たど》り着《つ》くことはできない。

(つーか、何《なに》が足《た》りないかすらわからない。それぐらい、俺《おれ》にとっては未知《みち》の強敵《きょうてき》……。)

でも──と、潔《いさぎ》はぐちゃぐちゃになった頭《あたま》を切《き》り替《か》える。

こんな状況《じょうきょう》は、これまでにも乗《の》り越《こ》えてきたんだ。

「お前《まえ》は俺《おれ》だけを見《み》てろ。」──凛《りん》はそう言《い》った。

だったら、やるべきコトは明確《めいかく》だ──。


無駄《むだ》な思考《しこう》を削《そ》ぎ落《お》とせ!!

今《いま》、俺《おれ》ができるコトに集中《しゅうちゅう》しろ!!

俺《おれ》のこの全能力《ぜんのうりょく》を──凛《りん》との関係《プレー》だけに集約《しゅうやく》させろ!!

潔《いさぎ》は凛《りん》の言葉《ことば》を信《しん》じ、凛《りん》の動《うご》きに合《あ》わせてパスを出《だ》す。

「いくら中盤《ちゅうばん》でパス交換《こうかん》しても無駄《むだ》なんだな、うん。」

U－20代表《アンダートゥエンティだいひょう》DMF《ボランチ》・若月樹《わかつきいつき》だ。

長《なが》い髪《かみ》をヘアバンドでまとめ、目《め》の下《した》には濃《こ》いクマとそばかすがある。

「迷《まよ》ってるね。パスの出《だ》しどころがないんだな、うん。」

「ほざいてろ、寝不足面《ねぶそくヅラ》。」

凛《りん》は吐《は》き捨《す》て、短《みじか》い横《よこ》パス。すぐに、潔《いさぎ》が凛《りん》の後《うし》ろに回《まわ》りこみ、それを拾《ひろ》う。

(さっきまでより、近《ちか》い距離《きょり》でのパス交換《こうかん》なんだな……。凛・潔《コイツら》……攻《せ》め方《かた》を変《か》えてきた！)

「トライアングルはもう使《つか》わないのね。」

颯波留《はやてはる》も守備《しゅび》に加《くわ》わり、二枚《まい》で食《く》い止《と》めるつもりのようだ。

(他《ほか》は感《かん》じるな——凛《りん》のイメージの中《なか》で暴《あば》れろ!!)

凛《りん》の呼吸《こきゅう》、視線《しせん》、リズム——全《すべ》てに連動《れんどう》する。

潔《いさぎ》は、颯《はやて》と若月《わかつき》の間《あいだ》のわずかなスペースにパスを通《とお》し、さらにテンポアップ。

（パステンポが上《あ》がった⁉　読《よ》めないな、凛・潔《このふたり》……。）

颯《はやて》は潔《いさぎ》と凛《りん》のパスを注意深《ちゅういぶか》く目《め》で追《お》う。

（いや……11番《潔》なんだな。）

しかし、若月《わかつき》は気《き》づいていた。

（潔《コイツ》が凛《10番》の周《まわ》りを細《こま》かく動《うご》くことで――凛《10番》の選択肢《せんたくし》がハネ上《あ》がって、つかまえきれない‼）

潔《いさぎ》と凛《りん》は、短《みじか》く速《はや》いパスで颯《はやて》と若月《わかつき》を翻弄《ほんろう》する。

若月《わかつき》と颯《はやて》を十分《じゅうぶん》に引《ひ》きつけたところで――潔《いさぎ》のバックヒールパス！

（ここでヒールパス⁉）

（ヤバい！　引《ひ》っ張《ぱ》り出《だ》された……‼）

背後《はいご》から、第《だい》三の刺客《しかく》、蜂楽《ばちら》！

「にゃっはい♪　嫉妬《しっと》するほどの連動《れんどう》じゃん！」

蜂楽《ばちら》は、にひっと笑《わら》う。

（そんでお二人《ふたり》さんは――自由《フリー》で最前線《さいぜんせん》って算段《さんだん》ね！）

颯《はやて》と若月《わかつき》の監視《かんし》から抜《ぬ》け出《だ》した凛《りん》と潔《いさぎ》は、ゴールにむかって一気《いっき》に加速《かそく》。

(作《つく》ったぞ、数的有利《すうてきゆうり》3対《たい》2!)

ゴール前《まえ》に凪《なぎ》。けれど、その後《うし》ろには愛空《アイク》と仁王《におう》が待《ま》ち構《かま》えている。

敵《てき》の守備《しゅび》が分散《ぶんさん》した今《いま》、愛《ふ》空《た》・仁《り》王の裏《うら》へ抜《ぬ》ければ、得点機会《ゴールチャンス》!!

(最前線《ここから》は、俺《おれ》のエゴに従《したが》う!!)

潔《いさぎ》は、凛《りん》とは逆《ぎゃく》の方向《ほうこう》へ走《はし》り出《だ》す。

「ここで割《わ》れて別々《べつべつ》の動き《ムーブ》!? ワケわかんねぇコンビだな!?」

仁王《におう》は、急《きゅう》にそっぽを向《む》いた凛《りん》と潔《いさぎ》に眉《まゆ》をひそめる。

「来《く》るぞ、愛空《アイク》! 二人《ふたり》で止《と》めっぞ!!」

凪《なぎ》にプレスをかけながら、仁王《におう》は凛《りん》の動《うご》きを警戒《けいかい》。

しかし——愛空《アイク》の瞳《ひとみ》は、一人《ひとり》抜《ぬ》け出《だ》した潔《いさぎ》をとらえていた。

「いい動《うご》きだ、コソ泥《どろ》ちゃん。」

「くっ……!」

愛空《アイク》が潔《いさぎ》を足止《あしど》め。

「今《いま》だ、こっち。」

凪《なぎ》が動《アクション》き出す。

けれど、蜂楽《ばちら》は。

「いーや、そこだね。——復讐者《リベンジャー》。」

するどいカーブのパス。左《ひだり》サイド。

そこに待《ま》つ、糸師凛《リベンジャー》へ。

「うん。いい『即興《アドリブ》』だ——糸師凛《いとしりん》。」

絵心《えご》は、静《しず》かにつぶやいた。

「抜《ぬ》けた……!!」

アンリが思《おも》わず声《こえ》を上《あ》げる。

ＰＡ《ペナルティエリア》にフリーで抜《ぬ》け出《だ》した凛《りん》を、絵心《えご》はまばたきもせず見《み》つめる。

「お前《まえ》の覚醒《かくせい》こそが、勝利《しょうり》への前奏《イントロダクション》だ。」

〝青い監獄《ブルーロック》〟、反撃《はんげき》。

第117話

はじめまして

ゴール前《まえ》、一人《ひとり》抜《ぬ》け出《だ》した凛《りん》。
U-20代表GK《アンダートゥエンティだいひょうゴールキーパー》・不角源《ふかくげん》は、ぐっと身構《みがま》える。
（来《く》る……撃《う》つならこのタイミング——!）
けれど、凛《りん》は止《と》まらない。
（さらにドリブル切《き》りこんだ!?）
ゴールラインギリギリまで攻《せ》める。
これには、潔《いさぎ》も驚《おどろ》く。
（角度《かくど》のないコースに……!?　しかも、利《き》き足《あし》じゃない左足《ひだりあし》で蹴撃動作《シュートモーション》!?）
見覚《みおぼ》えのあるプレーに、ハッとする。

もしかして凛《アイツ》……。
ワザと、糸師冴《いとしさえ》と同《おな》じシュートを……!?
凛《りん》は、見《み》せつけるように、先《さき》ほどの冴《さえ》のシュートを、完璧《かんぺき》に再現《さいげん》してみせたのだ。
(小癪《こしゃく》!!)
のけぞって手《て》を伸《の》ばす不角《ふかく》の指《ゆび》が、わずかにボールの軌道《きどう》をそらす。
ガンッ!!
ゴールポストだ。
「チッ。」
凛《りん》はうらめしそうに舌打《したう》ちした。
「ナイスGK《キー》！　こぼれ球《セカンド》!!」
仁王《におう》が叫《さけ》ぶ。
こぼれ球《だま》に真《ま》っ先《さき》にむかうのは、雪宮剣優《ゆきみやけんゆう》。

（ゴール前左《まえひだり》で、雪宮《ゆきみや》がドリブル体勢《たいせい》……!!）

潔《いさぎ》は、新《あら》たな攻撃《こうげき》の欠片《ピース》を探《さが》して走《はし》り出《だ》す。

「させない。」

「……またキミか。」

雪宮《ゆきみや》と音留《ねる》がマッチアップ。

さっきも、雪宮《ゆきみや》を苦戦《くせん》させたDF《ディフェンダー》だ。

（来《き》た……！　この状況《シチュ》は――練習《れんしゅう》した攻撃《パターン》の形!!）

次《つぎ》の展開《てんかい》を予感《キャッチ》して、潔《いさぎ》は動《うご》き出《だ》す。

そして、雪宮《ゆきみや》と音留《ねる》の視界《しかい》に入《はい》りこみ――。

パスの選択肢《せんたくし》になることで、一瞬《いっしゅん》の迷《まよ》いを生《う》む妨害工作《ジャム・アクション》!!

潔《いさぎ》が加《くわ》わったことで、一瞬《いっしゅん》、音留《ねる》の動《うご》きに迷《まよ》いが生《う》まれた。

「うわ、ヤバ……。」

潔《いさぎ》へのパスか、シュートか――。

その隙《すき》を、雪宮《ゆきみや》は見逃《みのが》さない。

「ナイス、潔《いさぎ》くん。——恩《おん》に着《き》る。」

空《くう》を切《き》り裂《さ》く雪宮《ゆきみや》のシュート!!

ガッ!

——それを、跳《と》びこんだ愛空《アイク》が、右足《みぎあし》でシュートブロック!

「は!? これでも無理《むり》!?」

愕然《がくぜん》とする雪宮《ゆきみや》。

「ナイシュー。」

皮肉《ひにく》っぽく、愛空《アイク》が言《い》う。

「いったぞ! クリアしろ、蛇来《だらい》!」仁王《におう》が叫《さけ》ぶ。

「わかっとる。」

走《はし》り出《だ》した蛇来《だらい》の死角《しかく》を、乙夜《おとや》がすり抜《ぬ》ける。

「ちゅーす。俺《おれ》から眼《め》ぇ離《はな》したな、バーカ。」

(ゴール前《まえ》のこぼれ球《セカンド》に対《たい》する乙夜《おとや》の超反応《レスポンス》！　これも練習《れんしゅう》どおり……!!)

徐々《じょじょ》に、U－20代表《アンダートゥエンティだいひょう》を追《お》い詰《つ》めている。

潔《いさぎ》は、確《たし》かな手《て》ごたえを感《かん》じた。

凛《りん》のプレーが、この状況《じょうきょう》を創《つく》り出《だ》した!!

相手《あいて》の陣形《フォーメーション》を崩《くず》した今《いま》なら、やってきた成果《コト》が実《み》を結《むす》ぶ――。

『練習《れんしゅう》』が刺《さ》さる!!


蛇来《だらい》を抑《おさ》えこみ、乙夜《おとや》のシュート！

「ぬらぁ!!」

しかし、仁王《におう》が決死《けっし》のヘッドブロック！

「マジか！　オッサン、邪魔《じゃま》……！」

三回目《かいめ》のゴールチャンスも防《ふせ》がれた。

(堅《かた》い……いや、まだ！)

「凪《なぎ》……!!」

〝青い監獄《ブルーロック》〟には、もう一人《ひとり》の天才《てんさい》がいる――！

「うん。」

こぼれ球《セカンドボール》の落下点《らっかてん》には、凪《なぎ》が待《ま》つ。

(ど機会《チャンス》！)

凪《なぎ》は腰《こし》を落《お》とし、ボールを見《み》つめる。

「撃《う》たせないよ。」

「なんだな。」

颯《はやて》と若月《わかつき》、二人《ふたり》のディフェンスが凪《なぎ》を挟《はさ》む。

(蹴撃動作《シュートモーション》――。)

凪《なぎ》は、落下《らっか》するボールをダイレクトシュート――と、見《み》せかけて。

(……で、瞬間吸収《しゅんかんきゅうしゅう》!!)

ピタリ。

凪《なぎ》は足《あし》の甲《こう》で、ボールを静止《せいし》させる。

「!?」

凪《なぎ》のフェイントに、颯《はやて》と若月《わかつき》はまんまと釣《つ》られた。

凪《なぎ》は、曲芸師《きょくげいし》のように、ボールをのせた足《あし》を背後《はいご》へ運《はこ》ぶ。

つま先《さき》でボールを地面《じめん》に叩《たた》きつけ、叩弾球上《タップリフト》!!

そのまま、反動《はんどう》をつけて身《み》をひねる、跳躍回転《ジャンピングターン》!!

「はじめまして、日本《ニッポン》――。」

全国民《ぜんこくみん》に、その名《な》を刻《きざ》みつけるように――。


俺《おれ》が凪誠士郎《なぎせいしろう》だ！！！


バシュッ!!

GK《ゴールキーパー》・不角《ふかく》の頭上《ずじょう》を飛《と》び越《こ》え、凪《なぎ》のシュートがゴールにつきささる。

瞬間《しゅんかん》、会場内《かいじょうない》は水《みず》を打《う》ったように静《しず》まり返《かえ》った。

「……ありゃ……。自己紹介失敗《じこしょうかいしっぱい》……？」

芝生《しばふ》に倒《たお》れた凪《なぎ》が、顔《かお》を上《あ》げたとき――。

瞬間吸収《しゅんかんきゅうしゅう》!!
クイ
!?
タン
叩弾球上《タップリフト》ー!!

跳《ジャ》躍《ンピ》回《ンター》転《ン》!!!
NAGI
はじめまして
日本《ニッポン》…

ウォォオオオオオオ！！！

冴《さえ》のファーストゴールを上回《うわまわ》るほどの歓声《かんせい》がスタジアムにとどろいた。

観客《かんきゃく》たちは、転《ころ》がり落《お》ちそうな勢《いきお》いで、身《み》を乗《の》り出《だ》して叫《さけ》んでいる。

「……チッ。」

ゴールをゆるした仁王《におう》は、小《ちい》さく舌打《したう》ちした。

「マジかー。」

「やりおる。」

音留《ねる》と蛇来《だらい》も、してやられたという顔《かお》でうなる。

愛空《アイク》は、見事《みごと》にひっくり返《かえ》された戦場《フィールド》に立《た》ち、目《め》を細《ほそ》める。

「なるほど。全員《ぜんいん》、ゴールしか考《かんが》えてねぇのな……。」

これこそが、全員がストライカーの、〝青い監獄《ブルーロック》〟のエゴイストサッカー。

――面白《おもしろ》くなってきた。

大歓声《だいかんせい》のなか、高《たか》く手《て》を突《つ》き上《あ》げている凪《なぎ》を見《み》て、愛空《アイク》は静《しず》かに笑《わら》った。

「これが〝青い監獄《ブルーロック》〟……たしかに、ハマれば破壊的《はかいてき》だ。」

第118話

歪《いびつ》

『な……凪誠士郎《なぎせいしろう》のスーパーゴールで――〝青い監獄《ブルーロック》〟11傑《イレブン》、1－1、同点《どうてん》!!』

動揺《どうよう》を隠《かく》しきれない様子《ようす》で、実況《じっきょう》の照朝《てれあさ》が叫《さけ》ぶ。

『なんなんすか、今《いま》の!? 誰《だれ》!? 凪誠士郎《なぎせいしろう》って!? 無名《むめい》の選手《せんしゅ》だよね……?』

解説《かいせつ》の夏木《なつき》も混乱《こんらん》している。

『今《いま》のゴールの衝撃《しょうげき》によって! 喜《よろこ》びと戸惑《とまど》いが入《い》り交《ま》じり……スタジアムは異様《いよう》な空気《くうき》に包《つつ》まれています!!』

ほとんどの観客《かんきゃく》は、糸師冴《いとしさえ》中心《ちゅうしん》のU－20《アンダートゥエンティ》代表《だいひょう》が勝《か》つと、確信《かくしん》していたのだ。

しかし今《いま》、誰《だれ》もが、勝敗《しょうはい》のゆくえに釘付《くぎづ》けになっていた。

『〝青い監獄《ブルーロック》〟プロジェクトって、成功《せいこう》してたの……!?』夏木《なつき》が驚《おどろ》いて言《い》う。

『さぁ、これで！　この試合《しあい》のヒーローは誰《だれ》なのか……全《まった》く理解《わか》らなくなりました‼』

……そのアナウンスを、日本《にほん》フットボール連合会長《れんごうかいちょう》・不乱蔦宏俊《ぶらつたひろとし》は別室《べっしつ》で聞《き》いていた。

〝青い監獄《ブルーロック》〟に大差《たいさ》で勝利《しょうり》し、プロジェクトは中止《ちゅうし》。儲《もう》けはガッポリ……の、はずだった。

何《なに》もかも、計画《シナリオ》と違《ちが》う。不乱蔦《ぶらつた》は、力《ちから》まかせに机《つくえ》を叩《たた》いた。

糸師冴《いとしさえ》を加《くわ》えたチームに、負《ま》けは許《ゆる》されない。

不乱蔦《ぶらつた》は、ぎりっと奥歯《おくば》を噛《か》みしめた。

＊＊＊

（あ……。ガッツポーズしてんじゃん、俺《おれ》……。）

凪《なぎ》は、いつの間《ま》にか熱《あつ》くなっていた自分《じぶん》に気《き》がついた。

「……恥《は》ず。」

何《なに》ものにも心《こころ》が動《うご》かなかったあのころには、考《かんが》えもしなかった。

人生《じんせい》に、思《おも》わずこぶしを突《つ》き上《あ》げたくなるような、熱《あつ》い瞬間《しゅんかん》がおとずれるなんて。

チーム初得点《はつとくてん》を決《き》めた凪《なぎ》の元《もと》に、潔《いさぎ》と千切《ちぎり》が駆《か》け寄《よ》ってくる。

「凪《なぎ》!!」

「つしゃあ!!」

千切《ちぎり》は、全速力《ぜんそくりょく》の勢《いきお》いのまま、思《おも》いきり凪《なぎ》に抱《だ》きつく。

「にょ……!?」

つぶれた凪《なぎ》の上《うえ》に、さらに潔《いさぎ》が飛《と》び乗《の》った。

——ゴールを奪《うば》った!

これは、まぐれでも、奇跡《きせき》でもなく——〝青い監獄《ブルーロック》〟がつかんだ一点《てん》だ。


いける!!

通用《つうよう》する——。

〝青い監獄《おれたち》〟は、世界《せかい》に届《とど》く!!

勝利《しょうり》は、夢物語《ゆめものがたり》なんかじゃない。俺《おれ》たちは、〝盛《も》り上《あ》げ役《やく》〟なんかじゃない。

潔《いさぎ》は、はっきりとそう思《おも》った。

「うっし。」

我牙丸《ががまる》は、ゴールからガッツポーズを送《おく》り――。

「クッソ……。」

「ヒーローなり損《そこ》ねた。」

ゴールをかっさらわれた雪宮《ゆきみや》と乙夜《おとや》は悔《くや》しそうだ。

「こっから、こっから♪」

蜂楽《ばちら》が笑《わら》うと、烏《カラス》は「ハッ。憎《にく》たらしいゴール……。」と、苦笑《くしょう》した。


「凄《すご》い……！　やった……追《お》いついた!!」

ベンチでは、アンリが興奮《こうふん》気味《ぎみ》に叫《さけ》んでいた。

「でも、なんで……急《きゅう》にこっちの攻撃《こうげき》が機能《きのう》したんでしょう……!?　さっきまであんなに苦労《くろう》してたのが嘘《うそ》みたいに……。」

〝青い監獄《おれたち》〟は
世界《せかい》に届《とど》く!!
うっし
クッソ…
ヒーロー
なり損《そこ》ねた
こっから
こっから♪
ハッ
憎《にく》たらしい

「ゴールシーンにとらわれるな、無能雑用《むのうざつよう》。」

絵心《えご》がぴしゃりと言《い》う。

(無能雑用《むのうざつよう》……!?　口悪《くちわる》すぎ……!!)

アンリはぷうっと頰《ほお》をふくらませるが、絵心《えご》は気《き》にもしない。

「50％50％《フィフティフィフティ》の状況《じょうきょう》までもってけば、ウチのFW陣《フォワードじん》はアレぐらいやるよ。」

「て、コトは……ポイントは、その状況《じょうきょう》に持《も》ってった、その前のプレーですか？」

「そう……。糸師凛《いとしりん》の〝即興《アドリブ》〟が、あのゴールの全《すべ》ての始《はじ》まりだ。」

〝青い監獄《ブルーロック》〟11傑《イレブン》のなかで、最初《さいしょ》に動《うご》き出《だ》したのは凛《りん》だった。

潔《いさぎ》がそれに連動《れんどう》して、波状攻撃《はじょうこうげき》が起《お》こり、最後《ラスト》の凪《なぎ》の一撃《いちげき》に繫《つな》がった。

「言《い》ったっしょ？　ウチの選手《せんしゅ》は『本番《ほんばん》』に強《つよ》いって。ここまでの選考《セレクション》で、アイツらは〝即興《アドリブ》〟力《りょく》を身《み》につけてきた。」

「え！　それって、ずっと絵心《えご》さんが言《い》い続《つづ》けてる……選手同士《せんしゅどうし》の『化学反応《かがくはんのう》』のコトですか？」

アンリの言葉《ことば》に、絵心《えご》はうなずく。

「ああ。それも〝即興《アドリブ》〟のひとつだね――。」

そして、絵心《えごころ》はこう言《い》った。

目的《もくてき》を達成《たっせい》しようとするとき――往々《おうおう》にして、物事《ものごと》は予定《よてい》どおりにはいかない。

たとえば――君《きみ》は今《いま》から、鬼退治《おにたいじ》にむかうとしよう。

イヌ・サル・キジをしたがえて、いざ、出発《しゅっぱつ》！

鬼ケ島《おにがしま》までは、船《ふね》で一直線《いっちょくせん》だ。

……でももし、悪天候《あくてんこう》で海《うみ》が荒《あ》れ、船《ふね》が岩《いわ》にぶつかって、壊《こわ》れてしまったら？

「教科書《きょうかしょ》や説明書《マニュアル》に書《か》いてあるコトは、机上《きじょう》の正解《せいかい》ではあるが……戦場《フィールド》の現実《リアル》の前《まえ》では、ただの空論《くうろん》にすぎない。」

どんなに予測《よそく》を立《た》てて、備《そな》えていたとしても、〝本番《ほんばん》〟では、予期《よき》せぬことが起《お》きる。

では――予定《よてい》していた作戦《さくせん》が通用《つうよう》しなかったとき、君《きみ》はどうする？

「もう無理《むり》だ！」と、あきらめる？

「一回帰《いっかいかえ》って、作戦《さくせん》を立《た》て直《なお》そう！」と思《おも》う？

パニックになって、〝失敗《しっぱい》の原因《げんいん》〟を探《さが》して安心《あんしん》し、その修正《しゅうせい》に時間《じかん》を費《つい》やすなら……。

……それは、〝敗者《はいしゃ》〟の思考《しこう》だ。

ならば、〝勝者《しょうしゃ》〟は――。


「勝者《しょうしゃ》は――〝挑戦《ちょうせん》〟を切《き》り換《か》える。」


絵心《えご》は、アンリに問《と》う。

「この試合《しあい》の目的《もくてき》はなんだ、アンリちゃん？」

「え……えっと――。」

アンリは一瞬《いっしゅんかんが》考えて。

「『勝《か》つこと』です。」

「そう。――すぐに、その思考《しこう》になれるかが重要《じゅうよう》。」

予定《よてい》していた作戦《さくせん》が失敗《しっぱい》しようとも。

思《おも》いどおりの道筋《みちすじ》じゃなくても。

目的《もくてき》を見失《みうしな》わなければ、その状況《じょうきょう》は新《あら》たな挑戦《ちょうせん》になる。

船《ふね》が壊《こわ》れたなら、泳《およ》いで渡《わた》ればいい。

目的《もくてき》は、安全《あんぜん》に海《うみ》を渡《わた》ることじゃない――〝勝《か》つこと〟だ。


「それが……『即興《アドリブ》』に必要《ひつよう》な思考《しこう》！」

アンリも、ようやく絵心《えご》の言葉《ことば》が腑《ふ》に落《お》ちた。

「理解《わか》ってきたね、アンリちゃん。〝青い監獄《ブルーロック》〟に指示《しじ》待《ま》ち凡人《ぼんじん》はいらない。欲《ほ》しいのは
――。」

自分《じぶん》の挑戦《ちょうせん》を、自分《じぶん》で見《み》つけられる〝エゴイスト〟だ。

「そして、糸師凛《いとしりん》は誰《だれ》よりも早《はや》く挑戦《それ》にむかい、潔世一《いさぎよいち》はそれに呼応《こおう》した。」

二人《ふたり》の即興《アドリブ》は、〝青い監獄《ブルーロック》〟をさらなる進化《しんか》に導《みちび》く。

「やっぱり、糸師凛《いとしりん》の覚醒《かくせい》に、潔世一《いさぎよいち》は必須《マスト》だな。」

絵心《えご》は、人差《ひとさ》し指《ゆび》をトンと額《ひたい》に当《あ》て、潔《いさぎ》を見《み》つめていた。

＊＊＊

……そんな絵心《えご》の思惑《おもわく》は知《し》るよしもなく、潔《いさぎ》は先《さき》ほどのゴールをふり返《かえ》っていた。

（さっきのゴール……雪宮《ゆきみや》・乙夜《おとや》・凪《なぎ》──誰《だれ》が決《き》めてもおかしくなかった。）

それくらい、あの三人《にん》のシュート能力《のうりょく》は凄《すご》い。

でも──。

それは、相手《あいて》の陣形《フォーメーション》が崩《くず》れて、武器《ぶき》を〝練習《れんしゅう》〟どおりに発揮《はっき》できる状況《じょうきょう》だったから、できたコトだ。

その突破口《とっぱこう》を開《ひら》いたのは、まぎれもなく凛《りん》──‼

アイツのイメージは完全《かんぜん》に理解《りかい》してなかったけど……。

「お前《まえ》は俺《おれ》だけを見《み》てろ。」──あの言葉《ことば》で、俺《おれ》は凛《りん》とのプレーだけに集中《しゅうちゅう》できた。

新《あたら》しい〝挑戦《ちょうせん》〟を、凛《りん》はくれた!!


「おい、凛《りん》。」

潔《いさぎ》は、凛《りん》の背中《せなか》に呼《よ》びかける。

チャンスを切《き》り開《ひら》いてくれた凛《りん》に、何《なに》か声《こえ》をかけたかった。

「惜《お》しかったな、シュート。……でも、ナイスプレーだった。次《つぎ》は、もっと上手《うま》くやれたら──。」

すると、凛《りん》は露骨《ろこつ》にうっとうしそうな顔《かお》をする。

「あ? うっせー。アオってんのか? ゴール以外《いがい》、価値《かち》無《ね》ぇんだよ。」

「いや……でも、お前《まえ》のプレーがあったから……。」

本心《ほんしん》だったのだが、凛《りん》は「だからなんだ。」と冷《つめ》たくあしらった。

「お前《まえ》だって、最後《さいご》はゴール狙《ねら》ってたろ。」

図星《ずぼし》を指《さ》されて、潔《いさぎ》は言葉《ことば》に詰《つ》まる。

「中盤《ちゅうばん》での組《く》み立《た》ては、金魚《きんぎょ》のフンみたいについてきたクセに、ゴール前《まえ》じゃエゴむきだしで自分《じぶん》の手柄《てがら》奪《うば》いにいった。」

「……悪《わる》いかよ。」

「いや、アレでいい。」

凛《りん》は、拍子《ひょうし》抜《ぬ》けするほどあっさりと言《い》い、そして――。

「目的《もくてき》のために〝利用《りよう》しあって喰《く》らいあう〟――この『歪《いびつ》』な関係《かんけい》が、俺《おれ》とお前《まえ》には健全《けんぜん》だろ。」

思《おも》わずゾッとするほど、敵意《てきい》むきだしの眼《め》で、潔《いさぎ》をにらんだ。

「……ああ。」

潔《いさぎ》も、凛《りん》をにらみ返《かえ》す。

〝チーム〟や、〝仲間《なかま》〟なんて、生《なま》やさしい関係《エゴ》では、生《う》まれない〝化学反応《かがくはんのう》〟。

チャンスがあれば、いつでもお前《まえ》を喰《く》い殺《ころ》す――そんな「歪《いびつ》」な駆《か》け引《ひ》き。

そうか……この距離感《きょりかん》が、未知《みち》のプレーを生《う》む……。

潔《おれ》・凛《たち》は今《いま》、敵《てき》の脅威《きょうい》なんだ!!

〝真《ま》っ直《す》ぐ〟じゃないから。なんにも当《あ》てはまらない攻撃《こうげき》だからこそ、敵《てき》を翻弄《ほんろう》できる。

馴《な》れあうな……戦《たたか》え!!

自分自身《じぶんじしん》のゴールだけのために!!

＊＊＊

『さぁ、前半《ぜんはん》もあと十五分《ふん》!!　こんな展開《てんかい》を誰《だれ》が予想《よそう》したでしょうか！』

『ヒリヒリするねぇ♪』

実況席《じっきょうせき》の照朝《てれあさ》と夏木《なつき》は、自分《じぶん》たちまで観客《かんきゃく》のように興奮《こうふん》している。

……悪《わる》いかよ
いや…アレでいい
目的《もくてき》のために〝利用《りよう》し合《あ》って喰《く》らい合《あ》う〟…
この『歪《いびつ》』な関係《かんけい》が
俺《おれ》と お前《まえ》には健全《けんぜん》だろ
…ああ
そうか…この距離感《きょりかん》が未知《みち》のプレーを生《う》む——

『1－1で、試合再開《ゲームさいかい》です！』

同点《どうてん》でむかえた、前半《ぜんはん》三十分《ぷん》。

U－20代表《アンダートゥエンティだいひょう》の攻撃《こうげき》は、糸師冴《いとしさえ》からスタートだ。

そんな冴《さえ》に、凛《りん》がむかっていく。

「おいおい、もう前半《ぜんはん》三十分《ぷん》経《た》ってんだぞ。……久々《ひさびさ》の再会《さいかい》に挨拶《あいさつ》もなしかよ、クソ兄貴《あにき》。」

凛《りん》が吐《は》き捨《す》てても、冴《さえ》の表情《ひょうじょう》は変《か》わらない。

「これは、アンタの試合《ゲーム》じゃない。……俺《おれ》が、お前《まえ》を超《こ》える試合《ゲーム》だ。」

糸師凛《いとしりん》vs.糸師冴《いとしさえ》――MATCH《マッチ》 UP《アップ》!!

探《さぐ》るように、小刻《こきざ》みな冴《さえ》のドリブル。

冴《さえ》が一歩踏《ぽふ》みこめば、凛《りん》もすばやく足《あし》を出《だ》す。

しかし、冴《さえ》は両脚《りょうあし》をクロス――後《うし》ろ足《あし》でボールを弾《はじ》き、見事《みごと》にかわす。

半歩《はんぽ》抜《ぬ》け出《だ》した冴《さえ》に、凛《りん》がタックルで激《はげ》しくプレス！

ハイレベルな1on1《ワンオンワン》を、観客《かんきゃく》は声《こえ》も出《だ》せず見守《みまも》っている。

「冴《さえ》くん！　こっち、パス出《だ》せるよ！」

狐里《きつねざと》が冴《さえ》に並走《へいそう》する。

「凛《りん》！　フォローする！」

すかさず、潔《いさぎ》も凛《りん》に加勢《かせい》しようとするが――。

「邪魔《じゃま》すんな、潔《いさぎ》!!　消《き》えろ、外野《がいや》ども!!」

凛《りん》が吠《ほ》えた。

「兄弟喧嘩《きょうだいげんか》の途中《とちゅう》だ！」

第119話

第《だい》三の矢《や》

両者《りょうしゃ》ゆずらず、糸師《いとし》兄弟《きょうだい》は戦場中央《フィールドちゅうおう》を揉《も》み合《あ》いながら進《すす》む。
「ハッ♪　こんな舞台《ぶたい》で兄弟喧嘩《きょうだいげんか》？」蜂楽《ばちら》が笑《わら》う。
「代表戦《だいひょうせん》、私物化《しぶつか》かよ……。」
仁王《におう》は、あきれて言《い》った。
凜《りん》の激《はげ》しいプレスに対《たい》し、冴《さえ》は見事《みごと》な肩《ショルダー》キープだ。
左《ひだり》の軸足《じくあし》に体重《たいじゅう》を乗《の》せて凜《りん》を防《ふせ》ぎつつ、右足《みぎあし》でボールを守《まも》る。
凜《りん》のタックルを反動《はんどう》にして、軸反転《じくはんてん》……ブロック&ターン!!
(いや……凜《りん》は、それも読《よ》んでる!!)
手出《てだ》し無用《むよう》を言《い》い渡《わた》された潔《いさぎ》は、二人《ふたり》の攻防《こうぼう》を見守《みまも》る。

凛《りん》は、冴《さえ》の胸《むね》を手《て》で押《お》さえ、かろうじて進攻《しんこう》を防《ふせ》いでいる。
（……ギリ喰《く》らいついてる!!　一進一退《いっしんいったい》!!）
冴《さえ》が凛《りん》の身体《からだ》を押《お》し返《かえ》し、二人《ふたり》が離《はな》れた。
再《ふた》び、凛《りん》と冴《さえ》がむかいあう。
冴《さえ》は、足の内側《インサイド》で誘《さそ》うようにボールを転《ころ》がす。
タイミングを見誤《みあやま》らないよう、凛《りん》は、冴《さえ》の足先《あしさき》に意識《いしき》を集中《しゅうちゅう》する。
冴《さえ》は、冷《つめ》たい眼《め》をして言《い》った。

「そうやってまだ、俺《おれ》の弟でいるうちは——お前《まえ》は、俺《おれ》を超《こ》えられない。」

足の内側《インサイド》で切《き》り返《かえ》したボールを、逆足《ぎゃくあし》の裏《うら》を通《とお》して、股抜《またぬ》きクロスエラシコ!!
凛《りん》は、呆然《ぼうぜん》と立《た》ち尽《つ》くす。
『抜《ぬ》いた!!　糸師冴《いとしさえ》、中央突破《ちゅうおうとっぱ》!!　兄弟対決《きょうだいたいけつ》、第《だい》1ラウンドは兄《あに》に軍配《ぐんばい》です!!』
凛《りん》が攻《せ》め落《お》とされ、戦場《フィールド》が動《うご》き出《だ》す。

フッ

お前《まえ》は俺《おれ》を超《こ》えられない
股抜《またぬ》き
クロスエラシコ!?

「チッ……勝《か》てや、アホ……。ボケナス下《した》まつげ。」

「来《く》るぞ……敵《てき》が一気《いっき》に雪崩《なだ》れこむ……！」

烏《カラス》と蟻生《ありゅう》は、敵《てき》の猛攻《もうこう》に身構《みがま》える。

「最終《さいしゅう》ライン警戒《けいかい》だ、二子少年《にこボーイ》！」

「はい！」

蟻生《ありゅう》に返事《へんじ》をしながら、二子《にこ》は、絵心《えご》に言《い》われた言葉《ことば》を思《おも》い出《だ》していた──。

「二子《にこ》一揮《いっき》……身長《しんちょう》でも速《はや》さでも『並《なみ》』のお前《まえ》が、何故《なぜ》レギュラーCB《センターバック》に選《えら》ばれたか理解《わか》るか？」

練習《れんしゅう》の合間《あいま》、別室《べっしつ》に呼《よ》ばれ、絵心《えご》と面談《めんだん》をしたときのことだ。

二子《にこ》は答《こた》えた。

「……視野《しや》、ですか？」

「ああ。」と、絵心《えご》はうなずく。

「戦場《フィールド》の状況《じょうきょう》を的確《てきかく》にとらえる……お前《まえ》の圧倒的《あっとうてき》な『読《よ》み』の能力《のうりょく》は、〝青い監獄《ブルーロック》〟最大《さいだい》の監視塔《センサー》になる。」

防衛監視塔《ぼうえいセンサー》起動《きどう》！

二子《にこ》は、カッと眼《め》を見開《みひら》く。

普段《ふだん》は長《なが》い前髪《まえがみ》に覆《おお》われているが、二子《にこ》の眼《め》には、見《み》る者《もの》を圧倒《あっとう》するほどの力強《ちからづよ》さがある。

(糸師冴《いとしさえ》に連携《れんけい》する……全《すべ》ての選手《せんしゅ》を感知《キャッチ》しろ!!)

冴《さえ》に合《あ》わせて動《うご》き出《だ》したのは、CF《センターフォワード》・閃堂秋人《せんどうしゅうと》。RWG《ライトウィング》・狐里輝《きつねざとてる》。LWG《レフトウィング》・超健人《ちょうけんと》！

ボール保持者《ほじしゃ》を視《み》るのではなく、その周《まわ》りをうごめく存在《そんざい》の中《なか》から……。

迅速《じんそく》かつ適切《てきせつ》に、一番危険《いちばんきけん》な侵入者《しんにゅうしゃ》を――駆除《くじょ》せよ!!

冴《さえ》のパスは、閃堂《せんどう》へ。二子《にこ》は、すぐさまボールにむかって走《はし》る。

しかし――。

お前《まえ》の圧倒的《あっとうてき》な『読《よ》み』の能力《のうりょく》は
〝青い監獄《ブルーロック》〟最大《さいだい》の監視塔《センサー》になる――
NIKO
糸師《いとし》 冴《さえ》に連携《れんけい》する…
全《すべ》ての選手《せんしゅ》を感知《キャッチ》しろ!!

（……いや、待《ま》て！　パスの弾質《たましつ》はトラップしやすいバックスピン。……減速《げんそく》する!?）

ボールは、ゆるやかに下降《かこう》している。

（優《やさ》しいベルベットパス！　僕《ぼく》の全力《ぜんりょく》スピードで突《つ》っこんでも――半歩届《はんぽとど》かない、ピンポイントの落下地点《らっかちてん》!!）

二子《にこ》は気《き》がつく。


――これは、〝罠《わな》〟だ。


（僕《ぼく》を引《ひ》きずり出《だ》して陣形《フォーメーション》を崩《くず》し……イージーなワンタッチで裏《うら》を取《と》るための、糸師冴《いとしさえ》が仕組《しく》んだ上質《じょうしつ》な罠《わな》――。）

突《つ》っこめば、GAME《ゲーム》　OVER《オーバー》!!

「……甘《あま》いですよ、天才《てんさい》さん。」

〝青い監獄《ブルーロック》〟の守備《セキュリティ》を、ナメてもらっては困《こま》る。

だから……。

僕《ぼく》は罠《わな》にかかった——フリをする!!

読《よ》みどおり、ボールは閃堂《せんどう》のトラップにドンピシャの位置《いち》だ。

そこに飛《と》びこんだフリをして——半歩前《はんぽまえ》で、緊急停止《ストップ》!!

「……!」

トン……とボールトラップした閃堂《せんどう》は、静止《せいし》した二子《にこ》に、驚《おどろ》いた顔《かお》をした。

(やや浮《う》いたトラップ。ここを——。)

害虫駆除《がいちゅうくじょ》です!!

二子《にこ》が、閃堂《せんどう》のボールをカット!

「くっ……!」

閃堂《せんどう》は、ボールロスト。

「ナイス、二子《にこ》！」潔《いさぎ》が叫《さけ》ぶ。

「セカンドボール！」

ボールには、すでにU－20《アンダートゥエンティ》代表《だいひょう》の颯《はやて》が走《はし》っている。

「よーっしゃ、ボケコラ。」

しかし、一足早《ひとあしはや》く烏《カラス》がこぼれ球《だま》を拾《ひろ》った。

「いくで、カウンター。あほんだら。」

〝青い監獄《ブルーロック》〟の攻撃開始《カウンターかいし》！

「来《く》るよ、若月《わかつき》。」

「あの関西人《かんさいじん》、文句多《もんくおお》いんだな、うん。」

U－20《アンダートゥエンティ》代表《だいひょう》・颯《はやて》と若月《わかつき》は、連携《れんけい》して烏《カラス》を抑《おさ》えるつもりのようだ。

(VTR《ブイティーアール》予習《よしゅう》と合《あ》わせて、実戦《じっせん》の中《なか》でだいたいは分析《ぶんせき》できてきた……。)

烏《カラス》は、相手《あいて》チームの〝弱点《あな》〟になる選手《せんしゅ》を特定《とくてい》し、その選手《せんしゅ》を徹底《てってい》してマークするプレースタイル。

この試合《しあい》の間《あいだ》にも、烏《カラス》はU－20《アンダートゥエンティ》代表《だいひょう》の選手《せんしゅ》たちをチェックしていた。

（U《コ》－《イ》20《ツら》の守備戦法《ディフェンススタイル》は、三段構《だんがま》え……。）
その一――相手《あいて》ボールになった瞬間《しゅんかん》に、颯《はやて》がプレスで潰《つぶ》しにくる。
ツンツン頭《あたま》の颯《はやて》が、真《ま》っ先《さき》に烏《カラス》の行《ゆ》く手《て》をはばむ。
その二――颯《はやて》が抑《おさ》えている間《あいだ》に、背後《はいご》で強力DF《きょうりょくディフェンダー》四枚《まい》がそれぞれのエリアを守《まも》り、ゾーン守備《ディフェンス》で鉄壁《てっぺき》を作《つく》って、対応《たいおう》する。
U－20代表DF陣《アンダートゥエンティだいひょうディフェンダーじん》――愛空《アイク》・音留《ねる》・蛇来《だらい》・仁王《におう》が、戦場中《フィールドじゅう》に目《め》を光《ひか》らせている。

――弱点《あな》は、ない。


日本代表《にほんだいひょう》ともなれば、〝青い監獄《ブルーロック》〟での試合《しあい》とはレベルが違《ちが》う。簡単《かんたん》に弱点《じゃくてん》をさらすようなマネはしない。

「ないなら――創《つく》るまでや。」

烏《おれ》が使《つか》える、最強《さいきょう》の飛《と》び道具《どうぐ》――。

「行《い》けや、乙夜《おとや》!!」

右《みぎ》サイド、乙夜影汰《おとやえいた》へパス！

「ブチ抜《ぬ》くぞ、烏《カラス》。」

乙夜《おとや》は、かかとでトンとボールをトラップ。

「やってみぃ、ヘボ忍者《にんじゃ》。お前《まえ》の忍《しの》び足《あし》は五月蠅《うるさ》すぎじゃ。」

またもや、蛇来《だらい》の足止《あしど》め。

「一人《ひとり》でやるなんて言《い》ってねーし。」

乙夜《おとや》はすぐに烏《カラス》へパスを戻《もど》し、蛇来《だらい》を置《お》きざりにして走《はし》り出《だ》す。

（ええぞ！　スピード上《あ》げて、その裏《うら》！）

テンポよく、烏《カラス》からのパス。

乙夜《おとや》と烏《カラス》は、〝青い監獄《ブルーロック》〟二次選考《にじセレクション》でもチームメイト同士《どうし》。さすがのコンビネーションだ。

「やるのぅ。あの大阪弁《おおさかべん》ポストマンとはいいコンビじゃ。……それでも五分《ごぶ》だが。」

「くっ……！」

蛇来《だらい》のしつこいプレスに、乙夜《おとや》も苦《くる》しい表情《ひょうじょう》だ。

「惜《お》しかったね、忍者《にんじゃ》くん。」

追《お》い詰《つ》められた乙夜《おとや》の元《もと》に、たたみかけるように愛空《アイク》。

愛空《アイク》は、乙夜《おとや》の前《まえ》に、門番《もんばん》のように立《た》ちはだかった。


U－20代表《アンダートゥエンティだいひょう》の守備戦法《ディフェンススタイル》、その三――。

致命的危機《ちめいてききき》への、愛空《アイク》の超捕捉守備《カバーリング》!!

この三段構成《だんこうせい》が、U－20代表守備《アンダートゥエンティだいひょうディフェンス》のカラクリ!!


しかし――。

「バーカ。誰《だれ》が、コ、ン、ビ、っつった？」

ぽつりと、乙夜《おとや》がつぶやいた。

「あ？」

「……！」

蛇来《だらい》と愛空《アイク》は、同時《どうじ》に気《き》づく。

右《みぎ》サイドから迫《せま》る、その影《かげ》に。

「こっちの狙《ねら》いは、ハナからここやし。」

烏《カラス》も、ニヤリと笑《わら》う。

右《みぎ》サイドギリギリへ、乙夜《おとや》のパスが飛《と》ぶ。


駆《か》け上《あ》がれ、第《だい》三の矢《や》——!!

〝青い監獄《ブルーロック》〟、最速《さいそく》の韋駄天《いだてん》——千切豹馬《ちぎりひょうま》!!


千切《ちぎり》の俊足《あし》が、ボールに届《とど》く。

「風穴《かざあな》あけろ、お嬢《じょう》。」

「いけ、赤《あか》いの。」

乙夜《おとや》と烏《カラス》がつないだパス——千切《ちぎり》は、ゴールへ駆《か》け上《あ》がる!

第120話

青《あお》の遺《い》伝《でん》子《し》

加速《かそく》しろ——俺《おれ》の両脚《りょうあし》!!

千切《ちぎり》は、一気《いっき》に最前線《さいぜんせん》へ駆《か》け上《あ》がる。
チラリと周囲《しゅうい》をうかがえば、愛空《アイク》が動《うご》き出《だ》している。
(反応《はんのう》してんじゃん……さすがだ、主将《キャプテン》——俺《おれ》を捕《つか》まえてみろ!!)
迫《せま》る愛空《アイク》を横目《よこめ》にとらえながら、戦場《フィールド》を縦断《じゅうだん》する。
(戦場全体《フィールドぜんたい》を使《つか》った総合能力《そうごうのうりょく》じゃ、アンタのほうが上《うえ》かもしんねぇけど……。)

ここは右《みぎ》サイド。

縦《たて》一本《ぽん》の直線《ホームストレート》一気だぜ。

ボールを遠《とお》くへ蹴《け》り、それを目《め》がけて一気《いっき》に加速《かそく》!!

(ここなら――負《ま》けない!! 俺《おれ》の速さ《スピード》が、世界《せかい》にとどろく!!)

愛空《アイク》の手《て》が千切《ちぎり》をとらえる――その一瞬《いっしゅん》よりも早《はや》く!!

夢見《ゆめみ》た瞬間《しゅんかん》が、ここにある!!

千切《ちぎり》は愛空《アイク》をかわし、右《みぎ》サイドを制圧《せいあつ》した。

『な……なんという加速力《かそくりょく》!! 〝青い監獄《ブルーロック》〟4番《ばん》! 千切豹馬《ちぎりひょうま》が、右《みぎ》サイドを切《き》り裂《さ》いて機会演出《チャンス・メイク》!!』

実況《じっきょう》は白熱《はくねつ》し、観客《かんきゃく》も息《いき》を飲《の》む。

『〝青い監獄《ブルーロック》〟11傑《イレブン》が、一気《いっき》にゴール前《まえ》に雪崩《なだ》れこむ!』

ゴール前《まえ》は、隙間《すきま》なく選手《せんしゅ》たちがうごめいている。

（もっと深《ふか》く侵入《しんにゅう》するか……いや！　正面《しょうめん》から一人《ひとり》来《き》てる!!）

シュートを狙《ねら》えば、前方《ぜんぽう》の仁王《におう》にブロックされる可能性《かのうせい》が高《たか》い。

（クソ……パスしかない!!　今《いま》、一番自由《いちばんフリー》なのは——。）

雪宮《ゆきみや》……凪《なぎ》……全員《ぜんいん》、しっかりマークされている。


「!?」

密集《みっしゅう》の後《うし》ろに一人《ひとり》——烏《カラス》!?

「守《まも》ってばっかで終《お》わるかい、ボケ……。オイシイ攻撃《あな》、もらうで、凡《ぼん》ども。」

完全《かんぜん》フリーで抜《ぬ》け出《だ》した烏《カラス》が、千切《ちぎり》に合図《アイコンタクト》を送《おく》る。

「いい位置《いち》だ、殺《ころ》し屋《や》。貸《か》しイチな。」

「出《だ》せや、赤《あか》いの。」

千切《ちぎり》は、ゴール前《まえ》の密集《みっしゅう》のやや後《マイナス》ろ——烏《カラス》に低《ひく》いパス。

（完璧《かんぺき》や、お嬢《じょう》！　ギリ狙《ねら》えるシュート射程《レンジ》……！）

「ごっつぁん……。」

俺《おれ》のシュートで、もう一点《てん》……！

──パンッ！

烏《カラス》が撃《う》つ寸前《すんぜん》、糸師冴《いとしさえ》がシュートブロック！

「なっ⁉　マジか……。」

（俺《おれ》のポジショニングをピンポイントで読《よ》みやがった、糸師冴《コイツ》……⁉）

高《たか》く上《あ》がったこぼれ球《セカンドボール》に、全員《ぜんいん》の視線《しせん》が移《うつ》る。

「ナイス、天才《てんさい》！」

「セカンド！」

仁王《におう》と不角《ふかく》が叫《さけ》ぶなか、ボールを追《お》った音留《ねる》は「あ！」と声《こえ》を上《あ》げた。

ボールの先《さき》に──糸師凛《いとしりん》‼

「撃《う》ってみろ……。」

凛《りん》の前《まえ》に躍《おど》り出《で》たのは、愛空《アイク》だ。

愛空《アイク》は、ゴールを背《せ》に思《おも》う。

（俺《おれ》は、〝青い監獄《おまえら》〟を侮《あなど》っていた──。）

ストライカーの集団《しゅうだん》といっても、所詮《しょせん》、日本《にほん》の高校生《こうこうせい》レベルの自我《エゴ》で、指導者《しどうしゃ》に与《あた》えられた作戦《さくせん》を忠実《ちゅうじつ》に守《まも》るだけの、典型的《てんけいてき》なクソ日本人《にほんじん》どもだと思《おも》っていた。

……でも、違《ちが》った!!

〝青い監獄《コイツら》〟はみんな、自分《じぶん》の運命《うんめい》を……。

自分《じぶん》の手《ゴール》で変《か》えるコトだけを望《のぞ》む──飢《う》えた獣《けもの》だ。

この試合《しあい》に負《ま》ければ、U－20代表《アンダートゥエンティだいひょう》は、〝青い監獄《コイツら》〟に乗《の》っ取《と》られる。

……それでも、好奇心《こうきしん》が止《と》められない。

〝青い監獄《コイツら》〟が、どこまで戦《たたか》えるのか──。

「凛《りん》!!」

愛空《アイク》の後《うし》ろから、潔《いさぎ》が凛《りん》に加勢《かせい》する。

(いいぞ、面白《おもしろ》い！　2対《たい》1で俺《おれ》を突破《とっぱ》する気《き》か──。)

潔《いさぎ》が、愛空《アイク》の背後《はいご》から回《まわ》りこんでくる。

（やってみろ!!　この間合《まあ》いじゃ撃《う》てねぇだろ!?　来《こ》いよ!!　ワンツーか──。）

凛《りん》は、潔《いさぎ》にパスの体勢《たいせい》──予測《よみ》どおり！

──ってのが囮《おとり》だろ!!

右足《みぎあし》でボールを切《き》り返《かえ》し、潔《いさぎ》へのパスをフェイクに使《つか》った凛《りん》を、愛空《アイク》は完全《かんぜん》に読《よ》んでいた。

バレてんだよ!!

糸師凛《てめえ》の利《き》き足《あし》は〝右足《みぎ》〟──。

兄貴《あにき》をまねた〝左足《ひだりあし》〟のシュートじゃ、さっきみたいに威力《いりょく》・精度《せいど》が二段落《だんお》ちる!!

愛空《アイク》は、わざと左《ひだり》のスペースを狭《せば》めるようにポジショニング。

〝左足《ひだり》〟で撃《う》つコースならくれてやる!!

だが、撃《う》ちたい〝右足《みぎ》〟のコースはこっ、ち、だろ!?

極限《きょくげん》までシュートコースを狭《せば》め、凛《りん》の選択肢《せんたくし》を消《け》す——。

〝右足《みぎ》〟は殺《ころ》す!!

〝左足《ひだり》〟で撃《う》つしかないその体勢《フォーム》じゃ、まだ撃《う》たな——。


ドッ!!


愛空《アイク》の予想《よそう》を裏切《うらぎ》り、凛《りん》は鮮《あざ》やかにボールを蹴《け》り上《あ》げる。

「!?」

〝右足《みぎ》〟で、外撃回転《アウトサイド・スピン》!!

弧《こ》を描《えが》く凛《りん》のシュートは、まるで戦場《フィールド》に降《ふ》る彗星《すいせい》のようだ。

全員《ぜんいん》の視線《しせん》が、その美《うつく》しい光《ひかり》に吸《す》い寄《よ》せられた。

GK《ゴールキーパー》が光《ひかり》に手《て》を伸《の》ばすも、届《とど》かない。

糸師凛《いとしりん》、GOAL《ゴール》!!

逆転《ぎゃくてん》された——。

それなのに、愛空《アイク》は、こらえきれず口元《くちもと》に笑《え》みを浮《う》かべた。

(最高《さいこう》じゃねぇか——〝青い監獄《ブルーロック》〟!!)

停滞《ていたい》したこの国《くに》のサッカーに、新《あら》たな血《ち》が流《なが》れこんできた。

彼《かれ》らの躍動《やくどう》が、愛空《アイク》の胸《むね》をふるわせる。

「来《き》たぞ。日本《にほん》サッカーに、新《あたら》しい遺伝子《いでんし》が。」

第121話 1st《ファースト》 HALF《ハーフ》

『前半《ぜんはん》四十分《ぷん》!!　なんとなんと、糸師凛《いとしりん》のゴールで……〝青い監獄《ブルーロック》〟11傑《イレブン》、2―1逆転《ぎゃくてん》!!

こんな展開《てんかい》を、誰《だれ》が予想《よそう》したでしょう!!』

まくしたてる実況《じっきょう》と、会場《かいじょう》の熱狂《ねっきょう》。

糸師凛《いとしりん》のゴールは、完全《かんぜん》にこの試合《しあい》の流《なが》れを変《か》えてしまった。

潔《いさぎ》は、凛《りん》のスーパーゴールに胸《むね》が熱《あつ》くなっていた。

(天才《てんさい》かよ!!)

撃《う》つタイミングを読《よ》ませない動作《モーション》からの、右足《みぎ》外撃《アウトサイド》ミドル!!

凛《りん》――これが、お前《まえ》の本気《ほんき》!!

潔《いさぎ》は、ガッツポーズを決《き》めた凛《りん》に駆《か》け寄《よ》る。

「凛《りん》!!」

思《おも》いきり凛《りん》に抱《だ》きつこうとして――。

「フン。」

綺麗《きれい》によけられた。

「うべ!?」

勢《いきお》いあまって芝生《しばふ》に叩《たた》きつけられ、潔《いさぎ》はつぶれる。

つぶれた潔《いさぎ》を無視《むし》して、凛《りん》は言《い》う。

「『前半《ぜんはん》あと五分《ふん》』だ。〝プランB《ビー》〟で締《し》めるぞ、お前《まえ》ら。」

「ほいほいサー。」

蜂楽《ばちら》が返事《へんじ》をした。

「ナイス囮《おとり》だったぞ、潔《いさぎ》。」

にやにやしながら、千切《ちぎり》が手《て》を差《さ》し出《だ》してきた。

「クッソ……次《つぎ》は俺《おれ》が決《き》める！」

千切《ちぎり》の手《て》をつかんで、潔《いさぎ》は立《た》ち上《あ》がった。

「〝青い監獄《アイツら》〟……。」

「やっば。」

「ク、ソが……。」

蛇来《だらい》、音留《ねる》、仁王《におう》は、一様《いちよう》に困惑《こんわく》と悔《くや》しさが混《ま》ざったような顔《かお》をしていた。世界《せかい》を相手《あいて》に戦《たたか》っている自分《じぶん》たちが、高校生《こうこうせい》に逆転《ぎゃくてん》されるなど、信《しん》じがたいことだった。

「みんな、ごめん。撃《う》たれちった。」

愛空《アイク》は、軽《かる》く手《て》をあげてみんなに謝《あやま》った。

「愛空《アイク》……お前《まえ》が止《と》めらんねぇなら仕方《しかた》ねぇよ。2対《たい》1だったし。」

仁王《におう》がフォローする。

「うん。やっぱ、天才《てんさい》の弟《おとうと》なだけあったわ。」

そう言《い》った愛空《アイク》は――点《てん》を奪《と》られたというのに、どこか面白《おもしろ》がっているようだ。

「何回外《なんかいはず》すんだ、『グラドル結婚《けっこん》』小僧《こぞう》が。」

冴《さえ》が、閃堂《せんどう》にむかって言《い》った。

「グラ……あ⁉」

気《き》を抜《ぬ》いていた閃堂《せんどう》は、弾《はじ》かれたように顔《かお》を上《あ》げる。

「ゴールを取《と》れるときに取《と》らねぇからこうなる。この展開《てんかい》はお前《まえ》が招《まね》いたんだ、へボストライカー。」

ぴしゃりと言《い》われ、閃堂《せんどう》は言葉《ことば》をつまらせる。

「フ……フザけんな……！　たしかに、俺《おれ》がボール奪《と》られたけど、全責任《ぜんせきにん》なすりつけんのは違《ちが》うだろ……！」

「責任転嫁《せきにんてんか》じゃねぇ。これは、チャンスを創《つく》ってる人間《にんげん》からの主張《しゅちょう》だ。――『ゴールを決《き》めろ』。」

閃堂《せんどう》は、何《なに》も言《い》い返《かえ》せない。

確《たし》かに、これまで何度《なんど》も、冴《さえ》は決定的《けっていてき》なパスを出《だ》している――得点《とくてん》に繋《つな》げられていないのは自分《じぶん》だ。

「負《ま》けたら、このU－20《アンダートゥエンティ》代表《だいひょう》は、〝青い監獄《アイツら》〟に乗《の》っ取《と》られるんだろ？」

「く……。」

奥歯《おくば》を噛《か》む閃堂《せんどう》に、冴《さえ》は「ま。俺《おれ》にとっちゃ、どーでもいいけど……。」と冷《つめ》たく言《い》う。

「このままじゃ、終《お》われん。」

超《ちょう》はポキポキと手《て》の関節《かんせつ》を鳴《な》らす。

「もっと俺使《おれつか》ってよ、冴《さえ》くん。」

狐里《きつねざと》は髪《かみ》を結《むす》び直《なお》した。

「じゃあ、俺《おれ》ポジション上《あ》げていい？」

「だな。前半《ぜんはん》で追《お》いつこう。」

颯《はやて》と若月《わかつき》も、目《め》の色《いろ》が変《か》わる。

「……フン。やっと尻《ケツ》に火《ひ》が着《つ》いたか、甘《あま》ちゃんども。」

冴《さえ》の言葉《ことば》で、U－20《アンダートゥエンティ》代表《だいひょう》の闘志《とうし》が息《いき》を吹《ふ》き返《かえ》す。

「いくぞ、お前《まえ》ら。前半終了《ぜんはんしゅうりょう》までの時間《じかん》が――U－20《おれたち》に残《のこ》された全《すべ》てだと思《おも》え。」

主将《キャプテン》・愛空《アイク》のかけ声《ごえ》で、選手《せんしゅ》たちはそれぞれのポジションへ歩《ある》いて行《い》く。

U-20代表《アンダートゥエンティだいひょう》は、背水《はいすい》の陣《じん》――全員《ぜんいん》が、死《し》に物《もの》ぐるいで戦場《フィールド》に立《た》っていた。

＊＊＊

『さぁ、前半《ぜんはん》も残《のこ》り三分《ぷん》！　U-20《アンダートゥエンティ》勝利確実《しょうりかくじつ》と思《おも》われたこの試合《しあい》！　まさかの〝青い監獄《ブルーロック》〟リードの展開《てんかい》!!』

残《のこ》り時間《じかん》三分《ぷん》。

〝青い監獄《ブルーロック》〟は、守《まも》り切《き》れば勝《か》ち越《こ》せる。

『このままU-20《アンダートゥエンティ》の攻撃《こうげき》をしのいで、前半《ぜんはん》を終《お》えることができるのでしょうか!?』

前半《ぜんはん》、ラストワンプレー。

（U-20《アイツら》……さっきまでより人数《にんずう》かけて攻《せ》めてきたな……。）

この三分《ぷん》で勝負《しょうぶ》をかけるつもりなのだと、潔《いさぎ》も気《き》づく。

（しかも、糸師冴《いとしさえ》を中心《ちゅうしん》として、コンパクトにパスを回《まわ》して押《お》し上《あ》げてくる――！）

冴《さえ》がボールを持《も》ったら、左右《さゆう》の選手《せんしゅ》がすぐに上《あ》がり、またパス──。

選手《せんしゅ》一人一人《ひとりひとり》の顔《かお》つきも険《けわ》しい。

さっきまでより、必死《ひっし》さが段違《ダンチ》い!!

「来《く》るぞ、サイド展開《てんかい》！」

冴《さえ》のパスが左《ひだり》サイドへ伸《の》びると、烏《カラス》が叫《さけ》んだ。

「よっと！」

狐里《きつねざと》が、パスを胸《むね》トラップ。

「あいや。かしこまり。」

蜂楽《ばちら》は、1対《たい》1で狐里《きつねざと》を止《と》める。

「来《こ》いよ。キツネコンコン。」

「望《のぞ》むところだ。ブンブン蜂《はち》さん。」

狐里《きつねざと》が不敵《ふてき》に笑《わら》った。

「こっちだ!!」

潔《いさぎ》はそこに飛《と》びこんで、蜂楽《ばちら》と二人《ふたり》で狐里《きつねざと》を挟《はさ》む。

「潔《いさぎ》、ナイスぅ！」

これで、2対《たい》1！

（戦《たたか》い方《かた》を変《か》えるのはU－20《おまえら》だけじゃない……！）

「……狙《ねら》ってたのね。」

数的不利《すうてきふり》になった狐里《きつねざと》は、悔《くや》しそうな顔《かお》をする。

〝青い監獄《ブルーロック》〟のもうひとつの作戦《さくせん》――。

リードしているときは、前半後半問《ぜんはんこうはんと》わず……。

残り五分を切ったら、前線《ぜんせん》に凪一人残《なぎひとりのこ》して、他《ほか》は全員下《ぜんいんさ》がる！

全員《ぜんいん》でゴールを守《まも》り切《き》るフォーメーションに切《き》り換《か》える方針《システム》!!

これが、守備《しゅび》に不安《ふあん》のある〝青い監獄《ブルーロック》〟が勝《か》ち切《き》るための〝プランB《ビー》〟!!

「奪《と》れ、蜂楽《ばちら》！　2対《たい》1だ！」

「もう行《い》ってる！」

潔《いさぎ》と蜂楽《ばちら》に挟《はさ》まれた狐里《きつねざと》。そこに、超健人《ちょうけんと》が並走《へいそう》する。

「キツネ！　俺《おれ》、使《つか》え！　ここ抜《ぬ》けば、ゴール！」

「超《スーパー》なタイミングだね。やっちゃえ、超《ちょう》くん！」

狐里《きつねざと》のパスは、超《ちょう》へ。

「良《い》い。——決《き》める。」

「良《よ》くないですよ。」

シュートモーションに入《はい》った超《ちょう》に、二子《にこ》がスライディングタックル！

「ナイス、二子《にこ》。」

GK《ゴールキーパー》・我牙丸《ががまる》は、シュートの軌道《きどう》をはっきりと眼《め》でとらえた。

（そのタックルで、シュートコースが限定《げんてい》されて——俺《おれ》も、お前《まえ》みたいに読《よ》める!!）

ゴッ!!

我牙丸《ががまる》が弾《はじ》いたボールは、ポストに当《あ》たって跳《は》ね返《かえ》る。

「ナイスセーブ!!」二子《にこ》が我牙丸《ががまる》にむかって叫《さけ》ぶ。

「ぬ。」

普段《ふだん》、ほとんど表情《ひょうじょう》が変《か》わらない超《ちょう》も、外《はず》れたシュートに顔《かお》をしかめた。
「まだだ！　こぼれ球《セカンド》!!」
瞬間《しゅんかん》、審判《しんぱん》がアディショナルタイムのボードをかかげた。
「アディショナル一分《ぷん》や!!　しのぐぞ!!」烏《カラス》が叫《さけ》ぶ。
「ヤバい……！」
千切《ちぎり》が、切羽《せっぱ》詰《つ》まった声《こえ》を上《あ》げる。
ボールを奪《うば》ったのは、糸師冴《いとしさえ》——！
感情《かんじょう》を映《うつ》さない冴《さえ》の瞳《ひとみ》が、ゆらりと揺《ゆ》れる。
（挟《はさ》む!!）
潔《いさぎ》と蜂楽《ばちら》は、二人《ふたり》で冴《さえ》に対峙《たいじ》する。
ここで食《く》い止《と》めなければ、点《てん》を返《かえ》される！
（来《く》る!!　左《そっち》か……!?）
冴《さえ》はピタリと静止《せいし》し、アウトサイドで右《みぎ》へ切《き》り返《かえ》す。
（速《はや》っ！）

右《みぎ》へ抜《ぬ》ける——と、思《おも》いきや。
(いや……潔《おれ》・蜂楽《たち》の間《あいだ》を……!?)
冴《さえ》は、潔《いさぎ》と蜂楽《ばちら》の間《あいだ》にボールを通《とお》し、煙《けむり》のようにすり抜《ぬ》けた。
二人《ふたり》がかりでも、全《まった》く歯《は》が立《た》たない。

上手《うま》すぎる——!

そして、間髪入《かんはつい》れずに左《ひだり》サイドへセンタリング。
それにむかって走《はし》るのは、閃堂《せんどう》だ。
(エッグい軌道《きどう》のセンタリング!!　こんなん追《お》いつけ……。)
一瞬浮《いっしゅんう》かんだ、あきらめの言《い》いわけを、すぐに振《ふ》りはらう。

いや、決《き》める!!
U《アンダー》－20《トゥエンティ》代表《だいひょう》のFW《フォワード》は俺《おれ》だ!

俺《おれ》が、英雄《ヒーロー》に――。

「ぬりぃな。」

「!?」

閃堂《せんどう》の背後《はいご》から、糸師凛《いとしりん》！

「こんなパスで世界一《せかいいち》とか……ほざくな、クソ兄貴《あにき》!!」

閃堂《せんどう》が足《あし》を振《ふ》り切《き》るよりも早《はや》く、凛《りん》がブロック!!

ボールは、高《たか》く打《う》ち上《あ》がる。

だが――予見《よけん》していたかのように、浮《う》いた球《たま》の真下《ました》に、冴《さえ》がポジショニングしている。

「邪魔《じゃま》すんなよな。……面倒《めんどう》くさい弟《おとうと》だぜ。」

畳《たた》みかけるように、ダイレクトシュート!!

もう、間《ま》に合《あ》わない。

冴《さえ》の放《はな》った弾丸《シュート》は、ゴール左上角《ひだりうえすみ》へ――。

ドッ!!


「**俺**《おれ》、光《ひか》る。」

心臓《ゴール》を貫《つらぬ》かれる直前《ちょくぜん》——蟻生十兵衛《ありゅうじゅうべえ》が、長《なが》い脚《あし》で弾丸《だんがん》を打《う》ち落《お》とす。

ボールはクロスバーに跳《は》ね返《かえ》り、にぶい金属音《きんぞくおん》を響《ひび》かせた。

「守《まも》りきった……。」

見届《みとど》けた瞬間《しゅんかん》、アンリはほっと息《いき》を吐《は》いた。


ピッ、ピ————!!


前半終了《ぜんはんしゅうりょう》を告《つ》げる審判《しんぱん》のホイッスルが、冬空《ふゆぞら》に高《たか》く響《ひび》く。

スーパークリアを魅《み》せた蟻生《ありゅう》に、潔《いさぎ》や千切《ちぎり》、二子《にこ》が駆《か》け寄《よ》った。

烏《カラス》と乙夜《おとや》は静《しず》かにこぶしを合《あ》わせ、凪《なぎ》も、後方《こうほう》からグッドサインを送《おく》る。

U－20代表《アンダートゥエンティだいひょう》vs.〝青い監獄《ブルーロック》〟11傑《イレブン》――1－2。
前半終了《ぜんはんしゅうりょう》!!

それは、誰《だれ》も、予期《よき》していなかった展開《てんかい》だった――。
不乱蔦《ぶらつた》は絶叫《ぜっきょう》し、U－20代表監督《アンダートゥエンティだいひょうかんとく》の法一保守《ほういちやすもり》は、頭《あたま》を抱《かか》えている。
U－20代表《アンダートゥエンティだいひょう》ベンチには、不安《ふあん》と絶望《ぜつぼう》が入《い》り交《ま》じったような空気《くうき》がただよっている。

……ただ一人《ひとり》。
不敵《ふてき》に笑《わら》う〝悪魔《あくま》〟をのぞいては。

ピッピーーー!!
JFU
NIKO
BLUE LOCK ELEVEN
U-20 JAPAN
1-2

U-20《アンダートゥエンティ》日本代表《にほんだいひょう》vs.“青い監獄《ブルーロック》”11傑《イレブン》
前《ぜん》半《はん》終《しゅう》了《りょう》!!!
BLUE
CHIGIRI

第122話 ヘッドライナー

『U－20代表《アンダートゥエンティだいひょう》vs.〝青い監獄《ブルーロック》〟11傑《イレブン》!! なんとなんと、1－2! 〝青い監獄《ブルーロック》〟11傑《イレブン》リードで前半終了《ぜんはんしゅうりょう》です!!』

実況《じっきょう》の照朝《てれあさ》は、解説《かいせつ》の夏木《なつき》に話題《わだい》を振《ふ》る。

『いや……終了間際《しゅうりょうまぎわ》のU－20《アンダートゥエンティ》の猛攻《もうこう》をしのぎきっての折《お》り返《かえ》しとなりましたが! ここまでいかがでしょう、夏木《なつき》さん!?』

『うーん! 凄《すご》いね、〝青い監獄《ブルーロック》〟! 今《いま》までの日本《にほん》サッカーのイメージにはなかったタイプのチームだよ……。』

夏木《なつき》は、興味深《きょうみぶか》そうにうなる。

『でも、実力《じつりょく》は五分《ごぶ》だよね。それに、糸師冴《いとしさえ》がこのまま負《ま》けるとは思《おも》えないな……!』

『そうですね！　後半《こうはん》の展開《てんかい》がより注目《ちゅうもく》となりそうです！』

照朝《てれあさ》もうなずく。

『なお、この試合《ゲーム》は九十分《ぷんた》経ってても同点《どうてん》で決着《けっちゃく》がつかなかった場合《ばあい》、延長《えんちょう》・PK《ピーケー》なしの引き分け《ドロー》となる規定《きてい》です。』

と、照朝《てれあさ》が試合《しあい》のルールをふり返《かえ》った。

試合《しあい》は十五分間《ふんかん》のハーフタイムに入《はい》り、選手《せんしゅ》たちはぞろぞろとフィールドを退場《たいじょう》していった。

＊＊＊

ハーフタイムに入《はい》っても、観客席《かんきゃくせき》の盛《も》り上《あ》がりは続《つづ》いていた。

その中《なか》に、ひときわはしゃいだ様子《ようす》の夫妻《ふさい》がいる。

「はぁ〜〜。ヤバいねぇ、お父《とう》さん！　まだ前半《ぜんはん》!?」

興奮冷《こうふんさ》めやらぬ様子《ようす》で言《い》うのは、潔世一《いさぎよいち》の母《はは》・伊世《いよ》だ。

「あの11番《ばん》、ウチの息子《むすこ》なのよ！」

となりに座《すわ》るメガネの男性《だんせい》――潔《いさぎ》の父《ちち》・一生《いっせい》は、知《し》らない観客《かんきゃく》にまで息子自慢《むすこじまん》。

潔《いさぎ》の両親《りょうしん》は、特別《とくべつ》サッカーファンというわけでもなく、ルールにも詳《くわ》しくない。

けれど、大好《だいす》きな息子《むすこ》が、大好《だいす》きなサッカーを思《おも》う存分楽《ぞんぶんたの》しんでいる姿《すがた》が、うれしくてしかたがないのだ。

「世《よ》っちゃんがレギュラーで出《で》てるだけでも凄《すご》いのに……チームも勝《か》ってるよ！」

「サッカー全然《ぜんぜん》わからんけど、俺《おれ》はすでにうれしい！」

すると……。

「何《なに》やってんの廻《めぐる》!!　ゴール狙《ねら》え、もっとぉ!!　それでもストライカーか!?」

二人《ふたり》の席《せき》の真後《まうし》ろの女性《じょせい》が、いきなり立《た》ち上《あ》がって叫《さけ》んだ。

おどろいてふり返《かえ》ると、女性《じょせい》はハッとしてはにかんだ。

「あ！　ゴメンなさい。ウチの息子《むすこ》が出《で》てるもんで……。」

蜂楽《ばちら》廻《めぐる》の母《はは》・優《ゆう》だ。

「あら！　ウチもです！」

「〝青い監獄《ブルーロック》〟の11番《ばん》！　ウチの息子《むすこ》！」

潔《いさぎ》の両親《りょうしん》は、思《おも》わぬ出会《であ》いに喜《よろこ》び、フィールドを指《ゆび》さす。

「えー！　同《おな》じチーム！　ウチの子《こ》8番《ばん》です！　あくしゅ、あくしゅ。」

優《ゆう》は二人《ふたり》に両手《りょうて》を差《さ》し出《だ》し、同時《どうじ》に握手《あくしゅ》した。

「えー、凄《すご》ぉい！」

「よろしく！　よろしく！」

……まさか、こんなところで互《たが》いの両親《りょうしん》があいさつを交《か》わしているなんて、当《とう》の息子《むすこ》たちは知《し》るよしもない。

「ありがとうございます！　ウチの子《こ》とサッカーしてくれて！」

優《ゆう》は、そう言《い》ってうれしそうに笑《わら》う。笑顔《えがお》が、蜂楽《ばちら》にそっくりだ。

「え……そんな、当《あ》たり前《まえ》じゃないですか！　ウチの子《こ》もサッカー選手《せんしゅ》ですから。」

伊世《いよ》は、少《すこ》し不思議《ふしぎ》そうに言《い》った。

すると優《ゆう》は、「ちがうんです。」と首《くび》を振《ふ》る。

「私《わたし》、初《はじ》めて観《み》る気《き》がするんです。……廻《あのコ》があんなに楽《たの》しそうにサッカーするの。」

視線《しせん》の先《さき》では、蜂楽《ばちら》が潔《いさぎ》と肩《かた》を組《く》みながらロッカールームへ歩《ある》いて行《い》くところだ。

〝青い監獄《ブルーロック》〟に入《はい》る前《まえ》の息子《むすこ》は、いつも、一緒《いっしょ》にサッカーができる〝ともだち〟を探《さが》していた。

帰《かえ》ってきたら、きっと、〝青い監獄《ブルーロック》〟で出会《であ》った〝ともだち〟の話《はなし》をたくさん聞《き》かせてくれるだろう。

「お世話《せわ》になっておりまーす！」

「今後《こんご》ともゴヒイキに！」

潔家《いさぎけ》と蜂楽家《ばちらけ》は丁寧《ていねい》におじぎしあって、互《たが》いの息子《むすこ》たちを見守《みまも》った。

……一方《いっぽう》、別《べつ》の観覧席《かんらんせき》では。

「豹馬《ひょうま》あー♡」

赤髪《あかがみ》の女性《じょせい》が二人《ふたり》、こちらに手《て》を振《ふ》っているのに気《き》がついて、千切《ちぎり》は顔《かお》を上《あ》げた。

「こっち向《む》いて、豹馬《ひょうま》ぁ♡」

観覧席《かんらんせき》から手《て》を振《ふ》る二人《ふたり》と目《め》が合《あ》い、千切《ちぎり》はうわっ、という顔《かお》をする。

（げ……来《き》てんのかよ、姉《ねえ》ちゃん!?　……母《かあ》さんも!?）

すると、姉《あね》と母《はは》ははしゃいだ様子《ようす》で、さらに手《て》を大《おお》きく振《ふ》った。

「あ！　気《き》づいたよ、母《かあ》さん！」

「こっちこっちー♡」

なんて言《い》って、千切《ちぎり》にむかってスマホのカメラを構《かま》えている。

あわてて他人《たにん》のフリをしようとしたところを、乙夜《おとや》と烏《カラス》に見《み》つかった。

「おい、誰《だれ》だあのかわいいコ。」

乙夜《おとや》がガシッと千切《ちぎり》の腕《うで》をつかむ。

「姉《ねえ》ちゃん……。」

千切《ちぎり》は顔《かお》を真《ま》っ赤《か》にして、絞《しぼ》り出《だ》すように言《い》った。

「非凡《ひぼん》！　美人姉弟《びじんきょうだい》やんけ。」

烏《カラス》まで、ニヤニヤしている。

（もー！　恥《は》ずい恥《は》ずい恥《は》ずい……！）

こちらの気《き》も知《し》らず手《て》を振《ふ》る姉《あね》と母《はは》に、千切《ちぎり》は余計《よけい》に汗《あせ》をかいたのだった。

＊＊＊

そんな〝青い監獄《ブルーロック》〟11傑《イレブン》とは裏腹《うらはら》に――。

スタジアムの裏通路《うらつうろ》では、監督《かんとく》の法一保守《ほういちやすもり》が、不乱蔦《ぶらつた》に詰《つ》め寄《よ》られていた。

「おい？」

「ひぃ!?　不乱蔦《ぶらつた》さん！」

不乱蔦《ぶらつた》は、法一《ほういち》の肩《かた》を力任《ちからまか》せに壁《かべ》に押《お》しつける。

「どーなってんだ、監督《かんとく》ぅ!?　なんとしても勝《か》てと言《い》ったろぉ!?　こっちには糸師冴《いとしさえ》もいるんだぞ!?　この試合《しあい》の意味《いみ》が理解《わか》ってんのか!?　あ!?」

「も……もちろん！　ですが、想定以上《そうていいじょう》に相手《あいて》が曲者《くせもの》ぞろいでして……。」

ツバを飛《と》ばしてどなる不乱蔦《ぶらつた》に、法一《ほういち》はタジタジだ。

「言《い》い訳《わけ》はいらねんだよ……スポーツは結果《けっか》が全《すべ》てだ。」

普段《ふだん》のゆるい態度《たいど》からは別人《べつじん》のよう。不乱蔦《ぶらつた》は、ギリギリと法一《ほういち》の胸《むな》ぐらをしめ上《あ》げる。

「『勝《か》てば正義《せいぎ》、負《ま》ければ悪《あく》』――。ここで勝《か》って、糸師冴《いとしさえ》を日本代表《にほんだいひょう》のスターにして、俺《おれ》たちが日本《にほん》サッカーの大正義《だいせいぎ》になるんだ!!」

「は……はい！　理解《わか》ってます……。」

青白《あおじろ》い顔《かお》をしながら、かろうじて、法一《ほういち》は答《こた》えた。

不乱蔦《ぶらつた》は、必死《ひっし》の形相《ぎょうそう》で、法一《ほういち》に命令《めいれい》する。

「どんな手《て》を使《つか》ってもいい。〝青い監獄《ブルーロック》〟を潰《つぶ》せ。」

＊＊＊

U－20代表《アンダートゥエンティだいひょう》のロッカールームは重々《おもおも》しい空気《くうき》が流《なが》れていた。

「ヤッベェ……。ヤッベェ……。」

「リードされて折《お》り返《かえ》すなんて、思《おも》ってなかった……。」

音留《ねる》と颯《はやて》は、ショックを隠《かく》しきれない様子《ようす》で言《い》う。

「どーするよ、後半《こうはん》!? 戦《たたか》い方《かた》は……!?」

仁王《におう》が、チームに声《こえ》をかける。

一方《いっぽう》、ＣＦ《センターフォワード》の閃堂《せんどう》は一人《ひとり》ベンチに座《すわ》り、ひどく落《お》ちこんでいた。

「俺《おれ》が、決《き》めてれば……。俺《おれ》が……。」

と、責《せ》めるように繰《く》り返《かえ》しつぶやいている。

そんな、落《お》ち着《つ》かない空気《くうき》のなかに、冴《さえ》がもどってきた。

シャワーをあびてきたらしく、パンツ姿《すがた》にタオルだけかけている。

「いいトコ戻《もど》ってきたぞ、天才《てんさい》。今《いま》、後半《こうはん》の修正《しゅうせい》について相談《そうだん》するところだ。」

と、仁王《におう》が声《こえ》をかける。

「前半最後《ぜんはんさいご》のこっちの攻撃《こうげき》は、形《かたち》になってたからね！ あーやって人数《にんずう》かければ、相手《あいて》もビビるし！ 監督《かんとく》にフォーメーションいじってもらう？」

狐里《きつねざと》が冴《さえ》にたずねると。

「あ？ 好《す》きにしろよ、もう関係《かんけい》ねーし。」

と、無愛想《ぶあいそう》に答《こた》えた。

「は？　何言《なにい》ってんだ、まだ試合《しあい》が……。」

冴《さえ》は、かばんの中《なか》から化粧水《けしょうすい》を取《と》り出《だ》すと、手《て》のひらに広《ひろ》げ――。


「俺《おれ》は、帰《かえ》る。」


ピシャッと顔《かお》に染《し》みこませた。

保湿《ほしつ》のついでに、とんでもない宣言《せんげん》をされ、一同《いちどう》はあぜんとする。

「あぁ⁉　どーゆーつもりだ⁉」

仁王《におう》は目《め》を吊《つ》り上《あ》げる。

「いやダメでしょ？　キミがいなきゃ成立《せいりつ》しないでしょ⁉」

颯《はやて》も止《と》めるが、冴《さえ》は「知《し》るか。」と一蹴《いっしゅう》した。

「俺《おれ》は、そこの主将《キャプテン》との賭けに乗《の》ってやっただけだ。」

冴《さえ》が親指《おやゆび》で指《さ》した先《さき》――愛空《アイク》は、タオルを目深《まぶか》にかぶってうなだれていた。

「愛空《アイク》……？」

颯《はやて》が声《こえ》をかけても、愛空《アイク》は返事《へんじ》をしない。

代《か》わりに、冴《さえ》が続《つづ》けた。

「『U－20《アンダートゥエンティ》に俺《おれ》が何《なに》を起《お》こせるか』――お前《まえ》の言《い》うとおり戦《たたか》ってやった結果《けっか》がコレだ。俺《おれ》にとっちゃ、使《つか》い物《もの》にならん不良品《ふりょうひん》だった。これが現実《げんじつ》だ。」

それは、チームのみんなには知《し》らせていなかった、冴《さえ》と愛空《アイク》の二人《ふたり》だけの約束《やくそく》だ。

チームメイトは、黙《だま》って冴《さえ》の話《はなし》を聞《き》いていた。

「まぁ、俺《おれ》は元々《もともと》、〝青い監獄《ブルーロック》〟に興味《きょうみ》があってここへ来《き》ただけ……。〝青い監獄《アイツら》〟はまだ未熟《みじゅく》だが、見《み》てる世界《せかい》、目指《めざ》す場所《ばしょ》がU－20《おまえら》とは違《ちが》う。」

冴《さえ》は、日本《にほん》サッカーを毛嫌《けぎら》いしている。

けれど、〝青い監獄《ブルーロック》〟には、日本《にほん》サッカー界《かい》をくつがえすような〝何《なに》か〟がひそんでいる予感《よかん》がした。

少《すく》なくとも――冴《さえ》の眼《め》には、U－20《かれら》代表よりも〝青い監獄《ブルーロック》〟のサッカーのほうが強《つよ》く焼《や》きついたのだ。

弟《おとうと》――凛《りん》が決《き》めた、あのゴールも。

「それが理解《わか》っただけで、俺《おれ》はもういい。これ以上《いじょう》、この試合《しあい》にいる意味《いみ》はない。」

さっさとかばんを取《と》って、冴《さえ》は立《た》ち上《あ》がる。

「待《ま》ってくれよ、天才《てんさい》ちゃん。」

出《で》ていこうとする冴《さえ》を、愛空《アイク》が呼《よ》び止《と》めた。

「……ゴメンな、みんな。俺《おれ》のワガママで勝手《かって》な賭《か》けして。」

天才《てんさい》ＭＦ《ミッドフィルダー》に喰《く》らいついて、どこまでいけるか賭《か》けてみた──。

でも、結果《けっか》は高校生《こうこうせい》ＦＷ《フォワード》集団《しゅうだん》相手《あいて》に２－１だ。

「試《ため》したかったんだ……Ｕ－20《おれたち》の今《いま》の実力《じつりょく》を。知《し》りたかったんだ……自分《じぶん》の現在地《げんざいち》を。

……でも、これで痛《いた》いほど理解《わか》った。」

愛空《アイク》は顔《かお》を上《あ》げる。

「俺《おれ》たちは、弱《よわ》い。」

そう言《い》った愛空《アイク》は、笑《わら》っていた。

「このままじゃ、〝青い監獄《アイツら》〟に負《ま》けて、Ｕ－20《アンダートゥエンティ》を乗《の》っ取《と》られて消《き》えるのは俺《おれ》たちのほうだ。こんなにヒリヒリするこたぁ、生《う》まれて初《はじ》めてだぜ。」

これまで築《きず》き上《あ》げたものが、一瞬《いっしゅん》でなくなるかもしれない。

そのプレッシャーに、チームメイトたちも表情《ひょうじょう》を強張《こわば》らせる。

「今《いま》さら気《き》づいても遅《おせ》ぇよ。俺《おれ》が抜《ぬ》けるU‐20《おまえら》に、もう勝利《しょうり》はない。」

興味《きょうみ》なさそうに言《い》う冴《さえ》にむかって、愛空《アイク》はニヤリと笑《わら》う。

「あるだろ。まだ――悪魔《あくま》が残《のこ》ってる。」

＊＊＊

不乱蔦《ぶらつた》にギリギリと詰《つ》め寄《よ》られた法一《ほういち》は、ほとんど泣《な》きそうな声《こえ》で言《い》った。

「いやでも……不乱蔦《ぶらつた》さん！　私《わたし》には……このままじゃムリです！　指示《しじ》をくださいい……！　何《なに》か新《あたら》しい手《て》を！」

「自分《じぶん》で考《かんが》える頭《あたま》ねーのか、バカ監督《かんとく》！　勝《か》ちゃなんでもいいんだよ、勝《か》ちゃあ!!」

不乱蔦《ぶらつた》は、血走《ちばし》った眼《め》で法一《ほういち》をどなりつける。

「……クソが。」

ギリッと奥歯《おくば》を噛《か》みしめ、不乱蔦《ぶらつた》は言《い》った。

「13番《ばん》を使《つか》え。」

「え……いいんですか、それ……!? 絵心甚八《えごじんぱち》の哲学《てつがく》を認《みと》めるようなモノじゃ……。」

法一《ほういち》はうろたえた。

「うるせぇ、この試合《しあい》の興行《ショー》が最優先《さいゆうせん》なんだよ!! 屈辱《くつじょく》だが……このまま黙《だま》ってお前《まえ》の無《む》能《のう》に付《つ》きあうよりはマシだ……!!」

そして、宣言《せんげん》したのだ。

「投入《とうにゅう》しろ。糸師冴《いとしさえ》が望《のぞ》んだ〝青い監獄《ブルーロック》〟からの刺客《しかく》——士道龍聖《しどうりゅうせい》を。」

＊＊＊

士《し》道《どう》龍《りゅう》聖《せい》を
U-20
日本代表
CF
士《し》道《どう》龍《りゅう》聖《せい》
SHIDOU RYUSEI

おーい
天才《てんさい》
俺《おれ》という
生命体《せいめいたい》は
お前《まえ》が戦《たたか》う
理由《りゆう》には
なんねえか?
……
ハッ
この流《なが》れが
目的《もくてき》かよ
利口《りこう》な
主将《キャプテン》だな
♪
理解《わか》ったよ
ヘボ共《ども》…

「おーい天才《てんさい》。俺《おれ》という生命体《せいめいたい》は、お前《まえ》が戦《たたか》う理由《りゆう》にはなんねぇか？」

士道《しどう》は、スパイクのひもを結《むす》び直《なお》しながら、挑発《ちょうはつ》するように笑《わら》った。

「ハッ。……この流《なが》れが目的《もくてき》かよ。利口《りこう》な主将《キャプテン》だな。」

愛空《アイク》は、薄《うす》く笑《わら》う。

士道《しどう》が入《はい》れば、冴《さえ》は動《うご》く――それすらも、愛空《アイク》の賭《か》けのうちのように。

「理解《わか》ったよ、ヘボども。」

冴《さえ》は、かばんの中《なか》からユニフォームを引《ひ》っぱり出《だ》す。

「暴《あば》れろ、〝悪魔《あくま》〟くん。〝主役舞台《ヘッドライナー》〟は俺《おれ》とお前《まえ》だ。」

後半戦《こうはんせん》――天才《てんさい》と悪魔《あくま》の狂宴《きょうえん》が始《はじ》まる。

第123話 世界一《せかいいち》

〝青い監獄《ブルーロック》〟11傑《イレブン》のロッカールームは、お祭《まつ》り騒《さわ》ぎだった。

「つしゃあ!! リードして前半終了《ぜんはんしゅうりょう》ぉ!! ヤベぇぞ、勝《か》てるぞ、〝青い監獄《おれら》〟!!」

試合《しあい》に出《で》ていないイガグリこと五十嵐栗夢《いがらしぐりむ》が、誰《だれ》よりも盛《も》り上《あ》がっている。

「ホントに……凄《すご》いっぺ! 凪《なぎ》さん……凛《りん》さん……いや、みんなだべ!!」

〝適性試験《トライアウト》〟で潔《いさぎ》とともに戦《たたか》った七星虹郎《ななせにじろう》も、ほこらしげだ。

「見《み》たか。**俺**《おれ》の決死《けっし》の回《まわ》し蹴《げ》りオシャクリア。」

さっきから、蟻生《ありゅう》はそればっかり。長《なが》い手足《てあし》と髪《かみ》の毛《け》を振《ふ》り回《まわ》し、いちいちアピールしている。

時光青志《ときみつあおし》は、尊敬《そんけい》のまなざしで拍手《はくしゅ》するが、雷市《ライチ》は、「わかったよ! しつけぇよ!

足《あし》ジャマ!!」と蟻生《ありゅう》の足《あし》を叩《たた》いた。

やかましいメンバーたちにはお構《かま》いなく、二子《にこ》は――。

(後半《こうはん》どーやって守《まも》ろう……。)

と、一人《ひとり》もくもくとイメージトレーニングしていた。


「ナイススプリントや、千切《ちぎり》くん。足《あし》、大丈夫《だいじょうぶ》?」

そう言《い》って千切《ちぎり》にスポドリのボトルを投《な》げるのは氷織《ひおり》だ。

「サンキュ、氷織《ひおり》!　あぁ、まだ走《はし》れる。」

ボトルを上手《うま》くキャッチし、千切《ちぎり》が答《こた》えた。


(タオル、タオル……。)

めんどくさがりの凪《なぎ》は、座《すわ》ったままあたりをキョロキョロしていた。

「ホラよ、凪《なぎ》。ナイスゴール。」

すると、御影玲王《みかげレオ》から、タオルが投《な》げられた。

「でも、まだ奪《と》れるだろ。お前《まえ》なら。」

目《め》も合《あ》わせずに、玲王《レオ》がそう言《い》った。

「うん、玲王《レオ》。俺《おれ》、もっとイケる。」

「ああ──。俺《おれ》が一番《いちばん》知《し》ってる。」

自分《じぶん》が見《み》つけた〝宝物《たからもの》〟に、玲王《レオ》は静《しず》かにそう返《かえ》した。

──そんな、にぎわうロッカールームの奥《おく》で。

馬狼照英《ばろうしょうえい》は、一人《ひとり》、虎視眈々《こしたんたん》と牙《きば》をといでいた。


「みんな、前半《ぜんはん》おつかれさま！」

ロッカールームの扉《とびら》が開《ひら》き、アンリが顔《かお》を出《だ》す。

続《つづ》いて、絵心《えご》も入《はい》ってきた。

「静《しず》まれ、才能《さいのう》の原石《げんせき》ども。ハーフタイムのミーティングだ。」

その言葉《ことば》で、大騒《おおさわ》ぎだった〝青い監獄《ブルーロック》〟チームは、しんと静《しず》かになる。

「前半《ぜんはん》の総括《そうかつ》と、後半《こうはん》の戦術《せんじゅつ》について、絵心《えご》さんから説明《せつめい》があります。」

アンリがそう前置《まえお》きして、絵心《えご》が話《はな》し始《はじ》めた。

「うん。まず、『なぜ得点《とくてん》が奪《うば》えたのか』――ここまでの内訳《うちわけ》を、お前《まえ》らは正《ただ》しく刻《きざ》んでおく必要《ひつよう》がある。」

絵心《えご》は、選手《せんしゅ》たちを見渡《みわた》す。

「フォーメーションチェンジや、コンビネーションなど……この試合《しあい》にむけて、我々《われわれ》は事前《じぜん》に作戦《さくせん》を練《ね》って臨《のぞ》んだ。……しかし、同世代《どうせだい》のトッププレイヤーたちを前《まえ》に、それは最《さい》初《しょ》、通用《つうよう》しなかった。」

スタートダッシュは思《おも》うようにいかず、苦戦《くせん》した。

「それを打破《だは》したのは、まぎれもなく――糸師凛《いとしりん》と潔世一《いさぎよいち》だ。」

名前《なまえ》を呼《よ》ばれ、潔《いさぎ》と凛《りん》は顔《かお》を上《あ》げる。

「練習《れんしゅう》してたときより、二人《ふたり》の距離《きょり》を詰《つ》め、さらに潔世一《いさぎよいち》を常《つね》にとなりに置《お》くことで、自《じ》分《ぶん》の選択肢《せんたくし》を大幅《おおはば》に増《ふ》やした。糸師凛《いとしりん》――なぜ、そうした？」

絵心《えご》に問《と》われ、凛《りん》は答《こた》える。

「相手《あいて》のディフェンス四枚《まい》が抜《ぬ》けなかったから……。あそこを崩《くず》さなきゃ何《なに》も始《はじ》まんねぇだろ。──俺《おれ》のための死に役が必要《ひつよう》だった。潔《いさぎ》がちょうど使《つか》いやすかっただけだ。」

ぞんざいに凛《りん》が言《い》う。

しかし、絵心《えご》は満足《まんぞく》そうにメガネを押《お》し上《あ》げる。

「死に役ね。いい答《こた》えだ。あんなものは、練習《れんしゅう》では生《う》み出《だ》せない。」

そして、潔《いさぎ》を見《み》た。

「現《げん》に、潔世一《いさぎよいち》──お前《まえ》は、自分《じぶん》が死に役だと思《おも》っているか？」

「……いえ。ゴールを奪《うば》う気《き》でいます。」

「うん。いい。それでいい。」

うなずいて、今度《こんど》は選手全員《せんしゅぜんいん》に言《い》う。

「戦場《フィールド》に立《た》つ十一人全員《にんぜんいん》が、自《みずか》らを主役だと信《しん》じ、戦《たたか》い抜《ぬ》くための〝エゴ〟が、お前《まえ》らにはある。それが、前半戦《ぜんはんせん》２－１リードの展開《てんかい》を生《う》んだんだ。」

絵心《えご》は、〝青い監獄《ブルーロック》〟のプレーをストレートに褒《ほ》めた。

「……だが。」と、今度《こんど》は悩《なや》むように頭《あたま》をかいた。

「……後半《こうはん》も同《おな》じようにいくとは限《かぎ》らない。いや、むしろいくわけない。喜《よろこ》んで調子《ちょうし》に乗《の》るのは、今《いま》この瞬間《しゅんかん》で終《お》わりにしろ。」

瞬間《しゅんかん》、ゆるんだ空気《くうき》を引《ひ》き締《し》めるように、ギロリと選手《せんしゅ》たちをにらむ。

「お前《まえ》らは、まだ何《なに》も成《な》し遂《と》げていない。満足《まんぞく》するな。攻《せ》め続《つづ》けろ。最後《さいご》の一秒《びょう》まで、己《おのれ》が主役であることを放棄《ほうき》するな。」

その言葉《ことば》で、一気《いっき》に〝青い監獄《ブルーロック》〟らしいピリッと張《は》り詰《つ》めた空気《くうき》が戻《もど》ってくる。

「――以上《いじょう》。フォーメーションは変《か》えない。後半《こうはん》の指示《しじ》はひとつだけだ。」

絵心《えご》は、背《せ》をむけ、こう告《つ》げる。

「圧勝《あっしょう》しろ。主役は、一人《ひとり》でいい。」

絵心《えご》がロッカールームを出《で》ていくと、我牙丸《ががまる》がパシッと手《て》を鳴《な》らした。

「つしゃ、いくべ後半戦《こうはんせん》。」

「勝《か》つぞ、オラぁ!!」

誰《だれ》よりも気合《きあい》が入《はい》っているイガグリが、士気《しき》を上《あ》げる。

（そうだ……試合《しあい》はリードしてるけど、〝青い監獄《おれたち》〟は「みんなで勝《か》つ」ために戦《たたか》ってるワケじゃない……!!）

潔《いさぎ》は、改《あらた》めて、ここが〝青い監獄《ブルーロック》〟なのだと思《おも》い出《だ》す。

ストライカーなら——「己《おのれ》のゴール」のために突《つ》き進《すす》め……！

誰《だれ》かを……何《なに》もかもを犠牲《ぎせい》にしてでも。

糸師凛《アイツ》が、そう戦《たたか》ってるように——。

俺《おれ》はこの試合《ゲーム》で、俺《おれ》を証明《しょうめい》する。

ハーフタイムの残《のこ》り時間《じかん》。

凛《りん》はロッカールームを出《で》て、誰《だれ》もいない廊下《ろうか》のベンチに腰掛《こしか》けた。

「フゥ……。」

冷《つめ》たいコンクリートの壁《かべ》が、ほてった身体《からだ》に気持《きも》ちいい。

「そうやってまだ、俺《おれ》の弟でいるうちは――お前《まえ》は、俺《おれ》を超《こ》えられない。」

股抜《またぬ》きで冴《さえ》に抜《ぬ》かれたのは二回目だった。

「見《み》てろ……クソ兄貴《あにき》……。」

俺《おれ》はお前《まえ》を――。

〝最悪《さいあく》なあの日《ひ》〟の記憶《きおく》を、凛《りん》は今《いま》でも鮮明《せんめい》に覚《おぼ》えている。

＊＊＊

糸師凛《いとしりん》は、〝兄《にい》ちゃん〟が大好《だいす》きだ。

冴《さえ》は、ふたつ年上《としうえ》の兄《あに》だ。

二人《ふたり》きりの兄弟《きょうだい》だからか、名前《なまえ》で呼《よ》ぶより、「兄《にい》ちゃん」と呼《よ》ぶほうがしっくりきた。

物心《ものごころ》つく前《まえ》から、凛《りん》はいつも冴《さえ》のとなりにいた。

冴《さえ》がサッカーをして。凛《りん》はそれを見《み》ていて。

それだけで、楽《たの》しかった。

その日《ひ》も、冴《さえ》の練習試合《れんしゅうじあい》を、コートの外《そと》からながめていた。


「止《と》めろ！　何《なん》だコイツぅ!?」

「全員《ぜんいん》でかかれ！」

小学生《しょうがくせい》にもなれば、冴《さえ》はすでに地元《じもと》のジュニアチームのエースだった。

たった一人《ひとり》で敵陣《てきじん》を突破《とっぱ》し、最後《さいご》は鮮《あざ》やかにゴールを奪《うば》う。

「うわ、やられたぁ！」

敵《てき》チームが悔《くや》しがる。

「ヤッベーよ、冴《さえ》！」

「お前一人《まえひとり》で何点取《なんてんと》んの!?」

冴《さえ》は、ゴールを決《き》めても、にこりとも笑《わら》わない。

チームメイトにほめられても、トーゼンって顔《かお》をしてる。

——兄《にい》ちゃんは、いつもカッコいい。

凛《りん》と冴《さえ》の二人部屋《ふたりべや》には、冴《さえ》のトロフィーや賞状《しょうじょう》がたくさん飾《かざ》られている。
それを眺《なが》めるたび、凛《りん》はいつも、自分《じぶん》のことみたいにうれしくなる。

——兄《にい》ちゃんは、めっちゃ凄《すご》い。

冴《さえ》が試合《しあい》に出《で》れば、チームは優勝《ゆうしょう》。冴《さえ》はMVP《エムブイピー》。
「糸師冴《いとしさえ》」の名前《なまえ》が広《ひろ》まって、そのうち、マスコミから取材《しゅざい》を受《う》けるようになった。
「どう、冴《さえ》くん？　八歳《さい》の天才《てんさい》サッカー少年《しょうねん》として、世界《せかい》から注目《ちゅうもく》されて？　将来《しょうらい》は、どんな選手《せんしゅ》になりたいのかな？」
インタビュアーのお姉《ねえ》さんが、猫《ねこ》なで声《ごえ》でマイクを向《む》ける。

「……うるせー。黙《だま》れ。俺《おれ》の勝手《かって》。」

冴《さえ》は、ぶっきらぼうに吐《は》き捨《す》てた。

「え!? ちょ……まだインタビューの途中《とちゅう》……!」

「は、早《はや》くもカリスマの風格《ふうかく》ですねー!」

テレビ局《きょく》の大人《おとな》たちは、あわてて取《と》りつくろった笑顔《えがお》をつくる。

「帰《かえ》ろ、凛《りん》。」

マスコミを無視《むし》して、冴《さえ》が凛《りん》を呼《よ》ぶ。

「……うん。」

はぐれないように、冴《さえ》の袖《そで》をつかんだ。

「べ。」

冴《さえ》が、マスコミにむかって小《ちい》さく舌《した》を出《だ》した。

大人《おとな》たちから褒《ほ》められたり、テレビに注目《ちゅうもく》されたり……。

そういうのにとらわれない兄《にい》ちゃんを、凛《りん》はやっぱり、カッコいいと思《おも》った。

「べぇ。」

凛《りん》もマネして、舌《した》を出《だ》してみる。

ちょっとだけ、大人《おとな》みたいだ、と思《おも》った。

「アイス食《た》べるか？」

「うん、食《た》べる。」

兄《にい》ちゃんと一緒《いっしょ》に食《た》べるアイスが、大好《だいす》きだ。

アイスも大好《だいす》きだけど、自分《じぶん》の分《ぶん》もアイスを買《か》ってくれる兄《にい》ちゃんが、大好《だいす》き。


——兄《にい》ちゃんは、優《やさ》しい。


いつも買《か》うのは、あたりつきの棒《ぼう》アイス。

堤防《ていぼう》にならんで座《すわ》って、海《うみ》をながめながら食《た》べる。

夕陽《ゆうひ》が沈《しず》みきるまでの、お決《き》まりの時間《じかん》だ。

さて、今日《きょう》のくじ運《うん》は——。

「あ。当《あ》たった。兄《にい》ちゃんは？」

冴《さえ》は、〝はずれ〟の棒《ぼう》を見《み》て、「フン。」と鼻《はな》を鳴《な》らす。

そして、証拠《しょうこ》を消《け》すみたいに残《のこ》りのアイスをガリガリ噛《か》んだ。

「こんなんで運《うん》を使《つか》うやつは、世界一《せかいいち》にはなれねー。」

「運《うん》って……そうなの？」

凛《りん》は首《くび》をかしげる。

「俺《おれ》は、世界一《せかいいち》のストライカーになる。それ以外《いがい》は価値《かち》なしだ。」

「ほへー。」

くじにまで気《き》をつかうなんて、世界一《せかいいち》って大変《たいへん》だ。

……もしかしたら、〝はずれ〟がくやしいから、強《つよ》がっただけかもしれないけど。

――兄《にい》ちゃんは、めっちゃ負《ま》けず嫌《ぎら》い。

ある練習試合《れんしゅうじあい》の日《ひ》。

凛《りん》は、いつものように冴《さえ》の試合《しあい》についてきて、コートの外《そと》で、おもちゃで遊《あそ》んでいた。

「ドン。プシュー。ゴゴゴー……ドガーン！」

怪獣《かいじゅう》とヒーローのフィギュアを戦《たたか》わせる。最近《さいきん》は、これにハマってる。

「逆《ぎゃく》サイ、逆《ぎゃく》サイ!!」

「糸師冴《いとしさえ》マークしろ!!」

冴《さえ》にボールが渡《わた》ると、すぐにディフェンス二枚《まい》にマークされる。

冴《さえ》は、絶妙《ぜつみょう》なハンドドワークでかわしながら、ボールキープしている。

そのうち、ヒーローごっこよりも、試合《しあい》から目《め》が離《はな》せなくなっていた。


——兄《にい》ちゃんは、誰《だれ》にも負《ま》けない。


（おれも……あんなふうになれるかな……。）

魔法《まほう》みたいにボールを操《あやつ》って、敵《てき》をみんななぎ倒《たお》して。

怪獣《かいじゅう》よりもヒーローよりも、ずっと強《つよ》くて、凄《すご》くて。

いつか——。

ぼんやり見《み》ていたら、目《め》の覚《さ》めるような高《たか》いパスが上《あ》がった。

冴《さえ》が上《あ》げたセンタリング。

「ゴール前《まえ》！　飛《と》びこめ!!」

コーチが叫《さけ》ぶ。

「届《とど》かね……無理《むり》っす、コーチ……！」

でも、味方《みかた》はだれも追《お》いつけてない。

だれも、兄《にい》ちゃんのパスに届《とど》かない――。

そのとき――抑《おさ》えきれない何《なに》かが、胸《むね》の中《なか》でぐわっとふくれ上《あ》がった。


いつか――。

兄《にい》ちゃんみたいに、強《つよ》くてカッコいい、世界一《せかいいち》のストライカーに。

おれも、なれるかな。

気《き》づいたら、フィールドで、冴《さえ》のパスを蹴《け》っていた。

ボールは、パスッと軽《かる》い音《おと》を立《た》て、ゴールネットを揺《ゆ》らす。

(あ……入《はい》った。)

突然《とつぜん》飛《と》びこんできた凛《りん》を見《み》て、選手《せんしゅ》たちは騒《さわ》ぎだす。

「おい、なんだこのチンチクリン!?」

「クソチビ！　勝手《かって》に入《はい》ってきてんじゃねーよ！　邪魔《じゃま》すんな……。」

「どけ。」と、それを割《わ》って、冴《さえ》がやってくる。

——おこられる。

こわい顔《かお》をした冴《さえ》を見《み》て、凛《りん》は身構《みがま》えた。

「あ……ごめん、兄《にい》ちゃん……おれ……。」

ぽん、と、冴《さえ》の手《て》が凛《りん》の頭《あたま》にのせられる。

わしわし。……頭《あたま》をなでられた。

「凄《すご》いぞ、凛《りん》。俺《おれ》とサッカーしろ。」

「ふえ。」

ほめられた。

カッコよくて、めっちゃ凄《すご》くて、大好《だいす》きな兄《にい》ちゃんに。

「お前《まえ》なら、俺《おれ》の次《つぎ》に凄《すご》くなれる。」

「……うん。」

――兄《にい》ちゃんは、世界一優《せかいいちやさ》しい。

その日《ひ》――凛《りん》の世界《せかい》が変《か》わった。

第124話 ナイトスノウ

凛《りん》は、冴《さえ》と同《おな》じクラブチームに入《はい》り、どんどんサッカーが上手《うま》くなった。

背番号《せばんごう》は、冴《さえ》が10番《ばん》。凛《りん》は11番《ばん》。

冴《さえ》が十三歳《さい》、凛《りん》が十一歳《さい》のころだ。

その日《ひ》の練習試合《れんしゅうじあい》でも、コンビネーションは完璧《かんぺき》だった。

ワンツーで前線《ぜんせん》まで押《お》し上《あ》げて、ゴール前《まえ》で冴《さえ》がノールックバックパス。

凛《りん》のシュートでフィニッシュだ。

「ヤベェ……あのダブルストライカー!!」

「あんなん止《と》めれるかよぉ!!」

「化《ば》け物《もの》じゃん、糸師兄弟《いとしきょうだい》……!!」

敵《てき》チームは、すでに手《て》も足《あし》も出《で》ない。

それでも、冴《さえ》はもっと上《うえ》を見《み》ていた。

「……今《いま》のコース甘《あま》いぞ、凛《りん》。」

「マジ？　兄《にい》ちゃん。次《つぎ》、気《き》をつける。」

どこに抜《ぬ》ければ、シュートチャンスを創《つく》れるか。

どんなシュートが、ゴールにつながるか。

冴《さえ》は、凛《りん》にサッカーを教《おし》えてくれた。

「もうワンテンポ速《はや》く……いけるか？」

「おう。やってみる。」

兄《にい》ちゃんとやるサッカーは楽《たの》しい。

さっきよりパスのテンポを上《あ》げて。

敵《てき》が追《お》いつくよりも前《まえ》に。

最高《さいこう》のタイミングで来《き》た冴《さえ》のパスを、凛《りん》は迷《まよ》わず振《ふ》り抜《ぬ》いた。

「うっしゃ！」

兄《にい》ちゃんといれば、俺《おれ》は無敵《むてき》になれる。
俺《おれ》は兄《にい》ちゃんと——世界一《せかいいち》になるんだ。

その日《ひ》の帰《かえ》りも、いつものようにならんで棒《ぼう》アイスを食《た》べた。

「……げ。〝あたり〟だ。」

凛《りん》は顔《かお》をしかめる。

「くだらねぇ運使《うんつか》ったな、凛《りん》。」

冴《さえ》は、今日《きょう》も〝はずれ〟だ。

冴《さえ》の見栄《みえ》からはじまったこのやりとりは、今《いま》ではゲン担《かつ》ぎのひとつになっている。

「証拠隠滅《しょうこいんめつ》！」

凛《りん》は、〝あたり〟の棒《ぼう》を、海《うみ》に投《な》げ捨《す》てた。

今日《きょう》の運《うん》は波《なみ》にさらわれ、鎌倉《かまくら》の海《うみ》に消《き》える。

「……凛《りん》、お前《まえ》さ。何考《なにかんが》えてサッカーしてる？」

トン
俺《おれ》は兄《にい》ちゃんと
世界一になるんだ
うっしゃ

ふと、冴《さえ》にたずねられた。

「……？　別《べつ》になんも。ゴールのことだけって感《かん》じかな。ヤバいほうに走《はし》ってりゃ、兄《にい》ちゃんがパス出《だ》してくれるし。」

「……ヤバいほう、ってなんだよ。」

改《あらた》めて言《い》われると、うまく言葉《ことば》にできなくて、少《すこ》し考《かんが》えた。

「んー……敵《てき》がパニクって壊れるほう。」

試合中《しあいちゅう》、フィールドを走《はし》ってると、イメージが浮《う》かんでくる。

ここ、ヤバそう。ブッ壊《こわ》せそう、って。

「直感《ちょっかん》に頼《たよ》りすぎなんだよ、お前《まえ》は。」

「でも兄《にい》ちゃんがパス出《だ》してくれるからいいじゃん。他《ほか》のやつらじゃ物足《ものた》りないよ、俺《おれ》。」

冴《さえ》のパスは、いつだって自分《じぶん》の最高《さいこう》のイメージとピッタリハマる。

二人《ふたり》なら、どこまでだって最強《さいきょう》になれた。

「……俺《おれ》がいなくなったらどうすんだ、お前《まえ》。」

海《うみ》を見《み》つめるその顔《かお》が、少《すこ》しだけさみしそうに見《み》えたのは、きっと気《き》のせいだと思《おも》う。

「わかんないけど……代《か》わりのやつ探《さが》すよ。」

テキトーに言《い》ったら、蹴《け》りが飛《と》んできた。

「そんなやついるかよ。俺《おれ》を誰《だれ》だと思《おも》ってんだ、コラ。」

「痛《い》で！　はいはい、わかったよ。〝世界一《せかいいち》の糸師冴《いとしさえ》〟さま。」

今日《きょう》はなんだか、陽《ひ》が沈《しず》むのが早《はや》く感《かん》じる。

海辺《うみべ》で過《す》ごす、このいつもの時間《じかん》も今日《きょう》で最後《さいご》だ。

夕陽《ゆうひ》は、目《め》が痛《いた》くなるくらいまぶしくて、海《うみ》は凪《な》いでいて、どこかで野良猫《のらねこ》の鳴《な》き声《ごえ》がしていた。

「……凛《りん》。」

夜《よる》に溶《と》けていく夕陽《ゆうひ》に照《て》らされ、冴《さえ》が呼《よ》んだ。

「俺《おれ》は、明日《あした》からスペインに行《い》く。世界一《せかいいち》のクラブ、『レ・アール』の下部組織《かぶそしき》でサッカーする。」

「……なんだよ、改《あらた》まって。知《し》ってるよ。兄《にい》ちゃんは〝世界一《せかいいち》のストライカー〟になるんだから、当《あ》たり前《まえ》じゃん。」

……こんなに早《はや》く行《い》っちゃうとは思《おも》わなかったけど。

明日《あした》にはもう、冴《さえ》のいない生活《せいかつ》が始《はじ》まると思《おも》うと、ちょっと落《お》ち着《つ》かない。

冴《さえ》は、とっくに食《た》べ終《お》わったアイスの棒《ぼう》をいつまでもくわえて、遊《あそ》ばせている。

「先《さき》に行《い》くだけだ。お前《まえ》も来《こ》い。俺《おれ》がいない間《あいだ》、あきらめんなよ。」

いつもみたいに、優《やさ》しく、冴《さえ》が言《い》う。

「うん。とりあえず日本一《にほんいち》になって、兄《にい》ちゃんみたくスカウトされるのが目標《もくひょう》。」

「……ああ。そんで、世界《せかい》だ。」

夕陽《ゆうひ》に誓《ちか》って、手《て》を叩《たた》きあった。

「冴・凛二人《おれたちふたり》で、世界一《せかいいち》になるぞ。」


――翌日《よくじつ》。

凛《りん》は、両親《りょうしん》と一緒《いっしょ》に冴《さえ》を空港《くうこう》まで見送《みおく》りに行《い》った。

「いってらっしゃい、冴《さえ》！」

「身体《からだ》にだけは気《き》をつけろよ。」

両親《りょうしん》に声《こえ》をかけられながら、冴《さえ》は搭乗《とうじょう》ゲートへむかう。

「兄《にい》ちゃん、いってらっしゃい！」

凛《りん》の声《こえ》にふり返《かえ》って、冴《さえ》が微笑《ほほえ》んだ。

「いってきます。〝世界一《せかいいち》のストライカー〟になるために。」

そんな兄《にい》ちゃんはやっぱりカッコよくて、誇《ほこ》らしかった。


本当《ほんとう》は、ちょっと寂《さび》しいけど。

絶対《ぜったい》、追《お》いついてみせる……。

次《つぎ》に逢《あ》うときは、俺《おれ》も――世界《せかい》で戦《たたか》える人間《にんげん》になっていたい。

＊＊＊

それから、凛《りん》は、兄《あに》のいない日々《ひび》を過《す》ごした。

冴《さえ》のいないサッカーは、思《おも》ったよりも窮屈《きゅうくつ》で不自由《ふじゆう》だった。

「凛《りん》！　一人《ひとり》で持《も》ちすぎるな！」

コーチの指示《しじ》は、凛《りん》には物足《ものた》りない。

「凛《りん》！　出《だ》せ！」

「こっち、フリー！」

チームメイトは、誰《だれ》も凛《りん》のイメージに追《お》いつけない。

(違《ちが》う。そのポジションじゃない……!!)

試合《しあい》を重《かさ》ねるたび、もう冴《さえ》はいないのだと痛感《つうかん》させられた。

上手《うま》くいかない。歯《は》がゆい――。

それでも、冴《さえ》との約束《やくそく》を守《まも》るため、自分《じぶん》にできることを模索《もさく》した。

「視《み》えてんだろ、パスだ、凛《りん》！」

コーチが叫《さけ》ぶ。

「凛《りん》、頼《たの》む！」

「ボールくれ！」

理解《りかい》してくれないチームメイトに飽《あ》き飽《あ》きしながら、無理《むり》やりチャンスをつくる。

兄《にい》ちゃんがいないなら。

俺《おれ》が、その代《か》わりになる!!

兄《にい》ちゃんに近《ちか》づくために、俺《おれ》に足《た》りないモノはなんだ……!?


「ナイス、ワンツー！」

「いけ、凛《りん》！　フィニッシュ!!」

兄《あに》のいない空白《くうはく》を埋《う》めるように、凛《りん》は自《みずか》らゲームメイクし、チームを引《ひ》っ張《ぱ》る存在《そんざい》になっていった。


この不自由《ふじゆう》を支配《コントロール》しろ!!

そして俺《おれ》が、このチームを――日本一《にほんいち》にしてやる!!

凛《りん》は、冴《さえ》に誓《ちか》った言葉《ことば》どおり、日本一《にほんいち》を獲得《かくとく》した。

冴《さえ》に負《ま》けず劣《おと》らず、たくさんのトロフィーももらった。


そして——四度目《どめ》の冬《ふゆ》が来《き》た。

凛《りん》は、毎日《まいにち》のように一人残《ひとりのこ》って練習《れんしゅう》をした。

「お疲《つか》れー。今日《きょう》も居残《いのこ》り？」

帰《かえ》り支度《じたく》を終《お》えたチームメイトに、「おー。」と返事《へんじ》をする。

「寒《さ》みー……先帰《さきかえ》るわ、凛《りん》。」

まばらに残《のこ》っていたチームメイトも全員《ぜんいん》いなくなって、あたりが真《ま》っ暗《くら》になっても、凛《りん》はシュート練習《れんしゅう》を続《つづ》けた。

毎日《まいにち》のノルマは、かかさずやりとげる。

左上角《ひだりうえすみ》をねらって——シュート！

（……ちょっとズレたな……。）

ゴールするのはあたりまえ。あとは、どこから狙《ねら》っても確実《かくじつ》に決《き》めるための正確《せいかく》さだ。

凍《こご》える寒《さむ》さのなか、白《しろ》い息《いき》を吐《は》く。ふと、冷《つめ》たいものが顔《かお》に当《あ》たった。

「あ……雪《ゆき》……。」

どうりで、今日《きょう》は寒《さむ》いわけだ。

グラウンドのライトに照《て》らされた雪《ゆき》と、凛《りん》の吐《は》いた息《いき》が重《かさ》なり、世界《せかい》が白《しろ》く包《つつ》まれる。

「今《いま》のコース、甘《あま》いんじゃね？」

ふいに、なつかしい声《こえ》がした。

「……あ。」

一瞬《いっしゅん》、目《め》を疑《うたが》った。

夢《ゆめ》でも幻《まぼろし》でもない。まぎれもなく——兄《にい》ちゃんだ。

スーツケースも置《お》かず、真《ま》っ先《さき》に会《あ》いに来《き》てくれたのだ。

「兄《にい》ちゃ……。」

弾《はず》んだ声《こえ》は、冴《さえ》の顔《かお》を見《み》てかき消《き》えた。

冴《さえ》は、ひどく疲《つか》れているように見《み》えた。

「……おか……えり。」

「おう……ただいま。」

なんだか……全然雰囲気《ぜんぜんふんいき》がちがう。

クマもひどいし、ずいぶんと、やつれている。

「四年《ねん》ぶりだっけ……？　てか、明日帰国《あしたきこく》の予定《よてい》じゃなかった？」

「ああ。早《はや》まった。」

あれ――兄《にい》ちゃんと、どんなふうに話《はな》してたっけ……。

久《ひさ》しぶりだからか、変《へん》に緊張《きんちょう》してしまう。

「そっか……いつもニュース観《み》てるよ。レ・アール下部《かぶ》で試合出《しあいで》て、ゴールも決《き》めて……凄《すげ》ぇよ、兄《にい》ちゃん……。……でも、ちょっとやせた？」

元気《げんき》がないことが気《き》になって、わざと明《あか》るく聞《き》いた。

けれど冴《さえ》は、「ああ……かもな。」と、気《き》のない返事《へんじ》をした。

「なぁ、凛《りん》……。世界《せかい》は広《ひろ》いぞ。俺《おれ》よりも凄《すご》い人間《にんげん》はいる……。」

「へー。なんだよ、急《きゅう》に……。」

らしくない発言《はつげん》に、凛《りん》はとまどう。

「夢《ゆめ》を描《か》き変《か》えたんだ……。」

手《て》の中《なか》に舞《ま》い降《お》りた雪《ゆき》を握《にぎ》りつぶして、冴《さえ》は言《い》う。

そのあとの言葉《ことば》は、信《しん》じられないものだった。


「俺《おれ》は、世界一《せかいいち》のストライカーじゃなく、世界一《せかいいち》のミッドフィルダーになる。」


意味《いみ》がわからなくて、凛《りん》はとまどう。

「……え。なんの話《はなし》だよ。兄《にい》ちゃんは、ストライカーだろ……？　それ以外《いがい》で世界一《せかいいち》になったって意味《いみ》ない……。」

「……うっせぇよ。それは世界《せかい》を知《し》らないやつが言《い》う言葉《ことば》だ。」

頭《あたま》を殴《なぐ》られたような気《き》がした。

冴《さえ》の言葉《ことば》が、何一《なにひと》つ理解《りかい》できない。

「なんだよそれ……勝手《かって》にあきらめんなよ……。一緒《いっしょ》に戦《たたか》おうって言《い》ったじゃん……？

『俺《おれ》の次《つぎ》に凄《すご》くなれ』って言《い》ったじゃん！」

「ああ。……だから、俺《おれ》がミッドフィルダー、お前《まえ》がストライカーとして世界一《せかいいち》に——。」

やめてよ、兄《にい》ちゃん——。

「嫌《いや》だよ、そんなの……！　俺《おれ》は世界一《せかいいち》のストライカーの弟《おとうと》だ……!!」

頭《あたま》の中《なか》がごちゃごちゃだ。

「そんなカッコ悪《わる》いコト言《い》うために帰《かえ》ってきたのかよ……!?　そんな兄《にい》ちゃん見《み》たくない……!!　俺《おれ》は……。」

気持《きも》ちがあふれて、止《と》まらない。

「俺《おれ》が一緒《いっしょ》に夢《ゆめ》を見《み》たのは、そんな兄《にい》ちゃんじゃない……!!」

その瞬間《しゅんかん》——冴《さえ》の瞳《ひとみ》の奥《おく》がわずかにゆらいだように見《み》えた。

そして——。

「……ぬるいな。」

冴《さえ》は、転《ころ》がっていたボールに足《あし》をかけ、言《い》った。

「フィールドは戦場《せんじょう》だと、お前《まえ》はまだ理解《わか》ってないんだ、凛《りん》……。」

激《はげ》しさを増《ま》した雪《ゆき》が、余計《よけい》な音《おと》を吸《す》いこんで、静《しず》かすぎる夜《よる》だった。

冴《さえ》の声《こえ》が、ひときわ大《おお》きく響《ひび》く。

「来《こ》い。この1on1《ワンオンワン》でお前《まえ》が勝《か》ったら、俺《おれ》はもう一度《いちど》、お前《まえ》と夢《ゆめ》を見《み》てやる。」

光《ひかり》の中《なか》に浮《う》かぶ冴《さえ》のシルエットが、ゆらりとゆれる。

「でも、俺《おれ》が勝《か》ったら――冴《おれ》・凛《たち》の夢《ゆめ》はここで終《お》わりだ。」

その日《ひ》――凛《りん》の世界《せかい》が崩壊《ほうかい》した。

第125話 ぐちゃぐちゃ

小学生《しょうがくせい》のころ――授業参観《じゅぎょうさんかん》の日《ひ》の発表《はっぴょう》は、作文《さくぶん》だった。
凛《りん》の「将来《しょうらい》の夢《ゆめ》」は、そのときから、ずっと変《か》わらない。
叶《かな》うまで、ずっと追《お》い続《つづ》ける夢《ゆめ》。
――そう信《しん》じて、疑《うたが》わなかった。

「はい、じゃあ次《つぎ》！　糸師凛《いとしりん》くん。」

先生《せんせい》にあてられて読《よ》んだ作文《さくぶん》の、書《か》き出《だ》しはこうだ。

「はい。……『僕《ぼく》の将来《しょうらい》の夢《ゆめ》は、兄《にい》ちゃんみたいなサッカー選手《せんしゅ》になることです』。」

そして、兄《にい》ちゃんが世界一《せかいいち》のストライカー。

僕《ぼく》が、世界二《せかいに》のストライカーになって、W杯《ワールドカップ》で優勝《ゆうしょう》します。


信《しん》じていた夢《ゆめ》が、ぐらりと崩《くず》れた。

雪《ゆき》の舞《ま》うグラウンドで、凜《りん》は冴《さえ》に言《い》い返《かえ》す。

「なんだよ、それ……。俺《おれ》が負《ま》けたら二人《ふたり》の夢終《ゆめお》わりとか……勝手《かって》に決《き》めんなよ、兄《にい》ちゃん。」

「だから、お前《まえ》が勝《か》ったら、もっかい信《しん》じてやるって言《い》ってんだろ。」

一方的《いっぽうてき》に突《つ》きつけられ、凜《りん》は頭《あたま》にきた。

「フザけんなよ！　そんなの……。」

「いくぞ、凜《りん》。一発勝負《いっぱつしょうぶ》だ。」

冴《さえ》が走《はし》り出《だ》す。

「え……待《ま》……。」

まだ、全然頭《ぜんぜんあたま》が追《お》いついてないのに。

（なんでだよ、兄《にい》ちゃん。俺《おれ》……こんな勝負《しょうぶ》したくないよ……。）

でも、ぼんやりしている場合《ばあい》じゃない。

抜《ぬ》かれたら、終《お》わる。俺《おれ》たちの夢《ゆめ》が――。

凛《りん》は、必死《ひっし》の想《おも》いで冴《さえ》のドリブルをにらみつける。

（速《はや》い……!?　シザース――。）

高速《こうそく》のまたぎフェイント《シザース》から、足の内側《インサイド》で二段触弾《ダブルタップ》！

（タッチのテンポが速《はや》い!!　日本《にほん》にいたころより――ドリブルのキレが格段《かくだん》に上《あ》がってる!!　別次元《べつじげん》……!!）

冴《さえ》は、もうとっくに、〝日本一《にほんいち》〟なんかで満足《まんぞく》するレベルじゃない。

こんなテクニックを持《も》っているのに、どうして世界一《せかいいち》をあきらめるのか、凛《りん》にはわからなかった。

（でも、まだ……行《い》かせない！）

凛《りん》も必死《ひっし》に喰《く》らいつく。

（外側《アウト》で止《と》まる……。）

凛《りん》が飛《と》びこむのと同時《どうじ》、冴《さえ》は足の外側《アウトサイド》でボールを鋭《するど》く弾《はじ》き、方向転換《ほうこうてんかん》！

(魔法外旋回《マジック・ターン》⁉)

振《ふ》りむく間《あいだ》に、すでに冴《さえ》はゴールにむかっている。

(ヤバい……‼　考《かんが》える隙《すき》をくれない……‼　これが、世界《せかい》を体験《たいけん》した、今《いま》の兄《にい》ちゃんの次元《レベル》……⁉)

なんとか、冴《さえ》の前《まえ》に回《まわ》りこむ。

けれど――。

「凛《りん》。お前《まえ》は俺《おれ》のいないこの四年間《ねんかん》――日本《ここ》で何《なに》をしてたんだ？」

トン。

股抜《またぬ》きで、あっけないほど簡単《かんたん》に抜《ぬ》かれた。

冴《さえ》のシュートがゴールネットを揺《ゆ》らす、かすかな音《おと》が、うるさいくらい耳《みみ》に焼《や》きついた。

これが、今《いま》の、糸師冴《いとしさえ》——。

こんなにも、遠《とお》いのかよ……。

凛《りん》はフィールドにへたりこみ、しばらく動《うご》けなかった。

「終《お》わりだな。」

——いやだ。お願《ねが》い。

まだ、今《いま》なら間《ま》に合《あ》う。きっとまた、最初《さいしょ》からやり直《なお》せる。

「……待《ま》ってよ……兄《にい》ちゃん……。」

凛《りん》は、最後《さいご》の望《のぞ》みをかけて、冴《さえ》に必死《ひっし》に呼《よ》びかける。

「兄《にい》ちゃんがいなくなってから俺《おれ》、頑張《がんば》ったんだよ……。日本一《にほんいち》になって……兄《にい》ちゃんみたいにスカウトされるために……。」

何《なに》もせず、待《ま》ってたわけじゃない。

ずっとずっとずっと。また一緒《いっしょ》にサッカーするために、誰《だれ》よりも努力《どりょく》した。

「兄《にい》ちゃんの代わりになれるように……チームのために戦《たたか》って……約束《やくそく》どおり、日本一《にほんいち》になったんだよ……？　なのに……こんなんで終《お》わり……？」

言葉《ことば》にしたら、胸《むね》が詰《つ》まって苦《くる》しかった。

「兄《にい》ちゃんと夢追《ゆめお》えないなら、もう……。サッカーする理由《りゆう》が……俺《おれ》には無《な》いよ……。」

うなだれた凛《りん》にむかって、冴《さえ》が言《い》う。

「だったら辞《や》めろ。」

「……え。」

みぞおちのあたりが、すっと冷《つめ》たくなった。

見上《みあ》げた冴《さえ》は、蔑《さげす》むような眼《め》で凛《りん》を見《み》ていた。

「ぬりぃんだよ。なぐさめてもらえるとでも思《おも》ったか？　欠陥品《けっかんひん》が。」

凛《りん》は理解《りかい》する。

もう――世界一優《せかいいちやさ》しかった〝兄《にい》ちゃん〟はいない。

「……調和《ちょうわ》が好《す》きな日本《このくに》は、やっぱり……突出《とっしゅつ》した才能《さいのう》を平凡《へいぼん》なガラクタに変《か》えやがる。何《なに》が〝日本一《にほんいち》〟だ……何《なに》が〝兄《にい》ちゃんの代わり〟だ……。」

冴《さえ》は、凛《りん》をにらみつけた。

「クッソ反吐《へど》が出《で》るぜ。もう二度《にど》と、俺《おれ》を理由《りゆう》にサッカーなんかすんじゃねぇよ。」

心臓《しんぞう》を串刺《くしざ》しにされたみたいに、息《いき》が止《と》まった。

もう、なにも聞《き》きたくない。

けれど冴《さえ》は、わざと傷《きず》つけるような言葉《ことば》で、何度《なんど》も凛《りん》の心臓《しんぞう》を刺《さ》す。

「だいたい、お前《まえ》にとって俺《おれ》は特別《とくべつ》かもしんねぇが、俺《おれ》にとっちゃお前《まえ》はもう、ただの目《め》障《ざわ》りで面倒《めんどう》くさい弟《おとうと》だ。たまたま俺《おれ》の弟《おとうと》に生《う》まれただけで勘違《かんちが》いすんな。サッカーのできないお前《まえ》に価値《かち》なんかねぇんだよ。」

音《おと》のない世界《せかい》に、冴《さえ》の言葉《ことば》だけが、耳鳴《みみな》りのように響《ひび》いていた。

冴《さえ》が背《せ》をむけたとき、本当《ほんとう》にもう終《お》わりなんだと、本能《ほんのう》が理解《わか》ってしまった。

「消《き》えろ、凜《りん》。俺《おれ》の人生《じんせい》に、もうお前《まえ》はいらない。」

「兄《にい》……ちゃ…………。」

声《こえ》を振《ふ》り絞《しぼ》って呼《よ》んでも、冴《さえ》は二度《にど》とふり返《かえ》らなかった。

いつの間《ま》にか積《つ》もった雪《ゆき》で、あたりは一面真《いちめんま》っ白《しろ》だ。

すべてをおおいつくす白銀《はくぎん》の世界《せかい》に、凜《りん》は一人《ひとり》、取《と》り残《のこ》されていた。

＊＊＊

あの夜《よる》から数日《すうじつ》――。

凜《りん》は、しばらく、じっと部屋《へや》にとじこもっていた。

部屋《へや》の棚《たな》には、いまも冴《さえ》の名前《なまえ》のトロフィーがある。

兄《にい》ちゃんと一緒《いっしょ》に、大会《たいかい》で優勝《ゆうしょう》したときのお気《き》に入《い》りの写真《しゃしん》も。

消《き》えろ 凛《りん》

俺の人生に
もう お前《まえ》は
いらない
兄《にい》…
ちゃ…

テレビは、相変《あいか》わらず冴《さえ》の活躍《かつやく》を流《なが》している。
凛《りん》は、心《こころ》が抜《ぬ》け落《お》ちたような気持《きも》ちでその映像《えいぞう》を見《み》ていた。
(兄《にい》ちゃんは、やっぱ凄《すご》い。きっと、兄《にい》ちゃんの言《い》うとおりなんだ……。)
なんのために、あんなに必死《ひっし》に頑張《がんば》っていたのかわからなくなった。
これまで、ずっと続《つづ》けてきたトレーニングもやめてしまった。
テレビのスイッチを消《け》す。
(サッカーは、もういいや……。)
結局《けっきょく》、俺《おれ》は——兄《にい》ちゃんのとなりにいたかっただけで……。
でも、兄《にい》ちゃんにとって俺《おれ》は、世界一《せかいいち》になるために必要《ひつよう》だっただけの練習相手《れんしゅうあいて》で……。
〝利用価値《りようかち》〟がなくなったらいらない……人間《にんげん》で……。
でもじゃあ、あんなに優《やさ》しかったのも……。
俺《おれ》に、〝利用価値《りようかち》〟があったからってだけの、見《み》せかけの〝嘘《うそ》〟だったのかな。

あの、夕暮《ゆうぐ》れの海沿《うみぞ》いも。
いつも、買《か》ってくれたアイスも。
あたりくじで一喜一憂《いっきいちゆう》してたのも。

——凄《すご》いぞ、凛《りん》。俺《おれ》とサッカーしろ。

あのとき、褒《ほ》めてくれたのも。なでてくれたのも。
出国《しゅっこく》の前日《ぜんじつ》、いつもよりちょっとさみしそうだったのも。
「世界一《せかいいち》になる。」って、笑《わら》ってくれたのも。
俺《おれ》が見《み》てたあの兄《にい》ちゃんも、全部《ぜんぶ》。
全部《ぜんぶ》、〝嘘《うそ》〟……？

——冴・凛《おれたち》二人《ふたり》で、世界一《せかいいち》になるぞ。

四年間《ねんかん》も、あの言葉《ことば》を、バカみたいに信《しん》じてた。
なんだよ……。
だったら初《はじ》めから、サッカーなんかやらなきゃよかった……。

二人《ふたり》で、夢《ゆめ》なんか——。

ガシャアン!!

全《すべ》てを消《け》し去《さ》りたくて、力《ちから》まかせにトロフィーをなぎ倒《たお》した。
いくつかのトロフィーが折《お》れた。お気《き》に入《い》りの写真《しゃしん》が割《わ》れた。
それでも、心《こころ》の中《なか》の苦《くる》しみは消《き》えてくれない。
嫌《いや》だ……。
嫌《いや》だ嫌《いや》だ……!!

嫌《いや》だ……!!

嫌《いや》だ!!


この気持《きも》ちも、あの時間《じかん》も。

なかったコトになんかできない……!!


〝嘘《うそ》〟なんかじゃない……!!


「殺《ころ》す……。」

生《う》まれて初《はじ》めて、兄《あに》を呪《のろ》う言葉《ことば》を口《くち》にした。

「許《ゆる》さない……。」

声《こえ》に出《だ》したら、憎悪《ぞうお》が身体《からだ》に染《し》みこんでいった。

許《ゆる》さない。許《ゆる》さない。許《ゆる》さない──。

何度《なんど》も自分《じぶん》に言《い》い聞《き》かせる。

この世《よ》の全《すべ》てだと思《おも》っていた、あの幸《しあわ》せな日々《ひび》を、黒《くろ》く塗《ぬ》りつぶす。

俺《おれ》は……。

俺《おれ》の人生《じんせい》を狂《くる》わせた糸師冴《アイツ》を——ぐちゃぐちゃにしてやる。

＊＊＊

廊下《ろうか》に響《ひび》いた足音《あしおと》が、凛《りん》を記憶《きおく》の底《そこ》から呼《よ》び覚《さ》ます。

「凛《りん》。」

潔《いさぎ》に呼《よ》ばれ、ベンチに座《すわ》った凛《りん》は顔《かお》を上《あ》げる。

「始《はじ》まるぞ、後半《こうはん》。」

「ああ。いくぞ、潔《いさぎ》。」

今日《きょう》が、最初《さいしょ》で最後《さいご》のチャンスだ。

糸師冴《アイツ》の夢《ゆめ》を壊《こわ》すために、俺《おれ》はサッカーをする。

第126話

2nd HALF《セカンドハーフ》

U－20《アンダートゥエンティ》代表《だいひょう》vs.〝青い監獄《ブルーロック》〟11傑《イレブン》――後半戦《こうはんせん》。

『前評判《まえひょうばん》を覆《くつがえ》しての2－1。〝青い監獄《ブルーロック》〟11傑《イレブン》リードで終《お》えた前半戦《ぜんはんせん》でしたが、果《は》たして後半《こうはん》はどんなドラマが待《ま》っているのか⁉』

『たまらんねぇ♪』

実況《じっきょう》の照朝《てれあさ》、解説《かいせつ》の夏木《なつき》も放送席《ほうそうせき》につき、後半戦《こうはんせん》にそなえる。

『いよいよ、後半戦《こうはんせん》のキックオフです‼』

潔《いさぎ》と凛《りん》は、そろってピッチへ入場《にゅうじょう》した。

「……チッ。めんどくせー。やっぱ出《で》てきやがったか、あの触角《しょっかく》……。」

凛《りん》の視線《しせん》の先《さき》には、目《め》を閉《と》じて立《た》つ士道龍聖《しどうりゅうせい》がいた。

士道《しどう》は、気持《きも》ちよさそうに戦場《フィールド》の空気《くうき》を吸《す》いこむと。

ギョロリと凛《りん》に視線《しせん》をむけた。

「ありゃぁあ？　暴《あば》れてるねぇ、下《した》まつげ弟《おとうと》♪」

そして、わざわざこちらに近《ちか》づいてくる。

「でも、お前《まえ》の爆発《ばくはつ》もここまでだぁ。どっちがＮｏ．１《ナンバー1》か決着《けっちゃく》つけようぜ、凛《りん》ちゃん♪

ちゅっ！」

このままじゃ、また〝青い監獄《ブルーロック》〟のときみたいにケンカになる――。

「ちょ……おい！　やめろよ、士道《しどう》……！」

潔《いさぎ》は、あわてて止《と》めるが、凛《りん》はすました顔《かお》で――。

「あー、ちょうどよかったぜ。俺《おれ》の試合《ゲーム》に華《はな》を添《そ》える、嚙《か》ませ犬役《いぬやく》が欲《ほ》しかったところだ、金髪害虫野郎《きんぱつがいちゅうやろう》。」

「以下同文《いかどうぶん》でちゅ！　お兄《にい》ちゃん大好《だいす》きっ子《こ》ちゃん♪」

士道《しどう》と凛《りん》がにらみあい、一触即発《いっしょくそくはつ》のまま、試合再開《しあいさいかい》を待《ま》つ。

『……後半《こうはん》から、若月選手《わかつきせんしゅ》と交代《こうたい》で入《はい》るこの士道龍聖《しどうりゅうせい》という選手《せんしゅ》なんですが、一切情報《いっさいじょうほう》がありませんねぇ……。どのようなプレーを見《み》せてくれるのか楽《たの》しみです。』

放送席《ほうそうせき》でも、U－20代表入《アンダートゥエンティだいひょうい》りをはたした無名《むめい》のストライカー〝士道龍聖《しどうりゅうせい》〟が話題《わだい》になっていた。

〝青い監獄《ブルーロック》〟ベンチでは、アンリがU－20代表《アンダートゥエンティだいひょう》のフォーメーションを確認《かくにん》している。

「フォーメーション変《か》えてきましたね……。閃堂《せんどう》くんの位置《いち》を下《さ》げて……やっぱり、士道《しどう》くんを使《つか》うんだ……。」

U－20代表《アンダートゥエンティだいひょう》は、DMF《ボランチ》・若月樹《わかつきいつき》と士道《しどう》をチェンジ。

閃堂《せんどう》をMF《ミッドフィルダー》に下《さ》げ、士道《しどう》をワントップに変更《へんこう》した。

「どう対策《たいさく》しましょうか、絵心《えご》さん？」

「フォーメーションは変《か》えない。……対《たい》・士道龍聖《しどうりゅうせい》は一通《ひとどお》り練習《れんしゅう》したしね。一人《ひとり》では簡単《かんたん》に崩《くず》させないし、どーせ、あの置物監督《おきものかんとく》に使《つか》いこなせる素材《そざい》じゃない。」

……事実《じじつ》、不乱蔦《ぶらつた》にプレッシャーをかけられたU－20代表監督《アンダートゥエンティだいひょうかんとく》・法一保守《ほういちやすもり》は、滝《たき》のような汗《あせ》をかいていた。

「それより……〝青い監獄《おれたち》〟にも扱《あつか》いきれなかったあの士道龍聖《しどうりゅうせい》を引《ひ》き抜《ぬ》いた理由《りゆう》が、ここで理解《わか》るさ。」

絵心《えご》も、冴《さえ》の思惑《おもわく》に興味《きょうみ》がある。

「糸師冴《いとしさえ》の欲《ほ》しがる〝エゴイストとはなんたるか〟。――この試合《しあい》、本番《ほんばん》はここからだぞ。」


士道《しどう》が出《で》てきたコトで、きっと戦場《フィールド》の状況《じょうきょう》は変《か》わる。

それを先《さき》に予見《キャッチ》したやつが主役《ヒーロー》になれる――。

(このままじゃ、終《お》われない――。)

潔《いさぎ》は、口《くち》の中《なか》でつぶやく。

「反射《はんしゃ》……、ＦＬＯＷ《フロー》……、俺《おれ》のゴール……。」

最後《さいご》の一秒《びょう》まで、己《おのれ》が主役であることを放棄《ほうき》するな――。

胸《むね》の奥《おく》のエゴが叫《さけ》ぶ。

(この試合《しあい》は俺《おれ》のモノだ!!)

後半戦《セカンド・ハーフ》——キックオフ!!

先攻《せんこう》は、U−20代表《アンダートゥエンティだいひょう》。

後半《こうはん》から投入《とうにゅう》された士道《しどう》は、要注意人物《ようちゅういじんぶつ》。

二子《にこ》はディフェンスラインから、士道《しどう》の動《うご》きをロックオン。

(士道《しどう》くんの武器《ぶき》は……ゴール前《まえ》での圧倒的《あっとうてき》な得点能力《とくてんのうりょく》……!! 彼《かれ》を視界《しかい》から外《はず》してはいけない。)

冴《さえ》と連携《れんけい》し、パスをつなぐ士道《しどう》。

勝負《しょうぶ》はゴール前《まえ》で、ボールを受《う》ける瞬間《しゅんかん》……。

(最終線《さいしゅうライン》で、僕《ぼく》が狩《か》る!!)

二子《にこ》の眼《め》が光《ひか》る。監視塔起動《センサーきどう》だ。

「鼓動《こどう》! 躍動《やくどう》! 俺《おれ》が駆《か》ける!!」

士道《しどう》はスタミナ万全《ばんぜん》。文字《もじ》どおり、戦場《フィールド》を縦横無尽《じゅうおうむじん》に駆《か》けまわる。
敵《てき》も味方《みかた》も、全《ぜん》スルー。戦略《せんりゃく》もなにもあったものじゃない。
「暴走《ぼうそう》？」
蜂楽《ばちら》もぽかんとしている。
（えぇっと……なんだ、その不規則《ふきそく》で自由《じゆう》な動《うご》き!?）
二子《にこ》は、あっけにとられた。
こんなの、士道対策《しどうたいさく》のどのプランにもない！
（読《よ》めない……!!　敵《てき》・味方《みかた》のフォーメーションとか無視《むし》じゃん!?）
「マジか……。練習《れんしゅう》が役《やく》に立《た》たない……。」
やはり、士道《しどう》は曲者《くせもの》だ。
自分《じぶん》のチームすらかき乱《みだ》す動《ムーブ》き!!
士道《しどう》にとっては、11人対《にんたい》11人《にん》じゃなく――１人対《いったい》21人《にん》!!
一人《ひとり》で戦場全体《フィールドぜんたい》を壊《こわ》す気《き》で――。
と思《おも》っていたら、はちゃめちゃな走行《そうこう》ルートの士道《しどう》に、冴《さえ》がドンピシャパス！

(うっそ……。速《はや》っ⁉　糸師冴《いとしさえ》、連動《れんどう》した……⁉)

二子《にこ》は絶句《ぜっく》した。

冴《さえ》をマークしていた潔《いさぎ》をはじめ、複数《ふくすう》の選手《せんしゅ》が動《うご》き回《まわ》っている狭《せま》いスペースなのに。

(そんな狭《せま》い軌道《トコ》……視《み》えないし‼　通《とお》せないって、普通《ふつう》……‼)

「おっひょい♪」

士道《しどう》がボールをトラップするその一瞬《いっしゅん》で。

「いや、届《とど》く……‼」

千切《ちぎり》が追《お》いつく。

「速《はや》いって、便利《べんり》じゃのう！」

士道《しどう》が不利《ふり》になると、今度《こんど》は――。

「士道《しどう》！　こっち！」

カバーに入《はい》ったのは、なんと、閃堂秋人《せんどうしゅうと》だ。

「あ⁉　閃堂《せんどう》⁉」

まさかの連動《れんどう》に、千切《ちぎり》は反応《はんのう》が遅《おく》れた。

「理解《わか》ってんじゃん、コバンザメ!!　ワンツー！　ワンツー！」

士道《しどう》にアオられると、閃堂《せんどう》は、

「うっせぇ！　糸師冴《いとしさえ》に言《い》われたとおり動《うご》いてやってるだけだ！」

と叫《さけ》んだ。

(閃堂《アイツ》……前半《ぜんはん》と違《ちが》う……!!　士道《しどう》の周《まわ》りをサポートする囮役《デコイ》かよ!?)

閃堂《せんどう》と士道《しどう》の連動《れんどう》で、千切《ちぎり》は一気《いっき》にやりづらくなった。

今《いま》の閃堂《せんどう》は、〝青い監獄《ブルーロック》〟で言《い》うなら、凛《りん》に対《たい》して潔《いさぎ》が担《にな》っている役割《ポジション》。

「クソが!!」

(こんなコンビネーション、想定《そうてい》してねぇって……!!)

2対《たい》1になった千切《ちぎり》は、二人《ふたり》のパス交換《こうかん》に追《お》いつけない。

「勝《か》つためだ……言《い》われたとおりやってやるよ!!」

ゴール前《まえ》、二子《にこ》と蟻生《ありゅう》に挟《はさ》まれると、閃堂《せんどう》は迷《まよ》わず横《よこ》パス。

(ここで士道《しどう》じゃなく、横《よこ》パス!?)

パスを追《お》っていた潔《いさぎ》は、すぐにその意図《いと》がわかった。

「あ……。」

（ヤバい!!　ＰＡ《ペナルティエリア》手前《てまえ》で――糸師冴《いとしさえ》……!!）

全員《ぜんいん》が、冴《さえ》の動《うご》きに集中《しゅうちゅう》する。

（来《く》る……！）

我牙丸《ががまる》も冴《さえ》を警戒《けいかい》。

冴《さえ》はボールをワントラップ――間髪入《かんはつい》れずに蹴撃動作《シュートモーション》。

無時間《ノータイム》で動作《モーション》!?

まさか、〝反射《はんしゃ》〟で……。

撃《う》つ――。

潔《いさぎ》と烏《カラス》は、とっさに足《あし》を出《だ》す。

「!?」

（いや、違《ちが》う――!!　外回転《アウトスピン》クロス……!?）

冴《さえ》のボールはドリルのように戦場《フィールド》をつきぬけ、左《ひだり》サイド！

「ホラよ、悪魔《あくま》くん。」

士道《しどう》への一点《ピンポイント》パス!!

「エッグいの好《す》きぃ♪」

士道《しどう》は、すでにボールに反応《はんのう》して跳《と》んでいる。

直撃《ダイレクト》で決《き》められる——！


士道《しどう》が入《はい》るだけで……劇的《げきてき》に攻撃《こうげき》が活性化《かっせいか》してる……!?

ヤバいぞ……U－20《アンダートゥエンティ》代表《だいひょう》が、覚醒《かくせい》する——。


(——いや！)

士道《しどう》の足《あし》がボールに触《ふ》れる、その瞬間《しゅんかん》。

二子《にこ》は動《うご》いた。

まだ僕《ぼく》の――害虫駆除領域《セキュリティ・エリア》です!!

バチッ！

「二子《にこ》!?」

潔《いさぎ》の目《め》に映《うつ》ったのは、〝青い監獄《ブルーロック》〟の監視塔《センサー》――二子《にこ》の捨《す》て身《み》のブロック!!

覚醒する――
いや！
まだ僕《ぼく》の
害虫駆除領域《セキュリティ・エリア》です!!!
二子《にこ》!?

第127話 ドラゴン・ドライヴ

土道《しどう》の足《あし》と、二子《にこ》の足《あし》が激突《げきとつ》した。
そのまま、二人《ふたり》は絡《から》まりあって倒《たお》れる。

ピ――――――ッ!!

審判《しんぱん》の笛《ふえ》が鳴《な》った。
放送席《ほうそうせき》の実況《じっきょう》・照朝《てれあさ》が、『あぁっと!』と声《こえ》を上《あ》げる。
『ギリギリで防《ふせ》いだかと思《おも》われましたが! これは足《あし》への危険《きけん》なタックル!!』
そして、審判《しんぱん》がかかげたのは――イエローカード。

『〝青い監獄《ブルーロック》〟11傑《イレブン》、3番《ばん》──二子一揮《にこいっき》選手《せんしゅ》に、イエローカードです！』

ゴールは守《まも》りきったが、判定《はんてい》はファウルだ。

『しかし、とんでもない連携《れんけい》とパスを見《み》せましたね！』

照朝《てれあさ》は、ゴール前《まえ》まで一気《いっき》に押《お》し上《あ》げたU－20代表《アンダートゥエンティだいひょう》の攻撃《こうげき》に感心《かんしん》する。

『凄《すご》いね！　交代《こうたい》で入《はい》った、あの士道《しどう》って13番《ばん》の選手《せんしゅ》……糸師冴《いとしさえ》と連動《れんどう》してるよぉ！』

解説《かいせつ》の夏木《なつき》も、切り札《ジョーカー》として登場《とうじょう》した士道《しどう》に興味津々《きょうみしんしん》だ。


「目隠《めかく》しチビスケが……てめぇ……。」

ゴールを阻止《そし》された士道《しどう》は、二子《にこ》をにらみつけた。

「踏《ふ》んづけちゃってすみません、害虫《がいちゅう》さん。」

二子《にこ》は、悪《わる》びれもせず言《い》う。

「はい、殺《ころ》す!!」

今《いま》にも殴《なぐ》りかかろうとする士道《しどう》を、「やめろ、バカ。」と冴《さえ》が止《と》めた。

「退場《たいじょう》して一生《いっしょう》を棒《ぼう》に振《ふ》る気《き》か？　存在証明《そんざいしょうめい》はゴールで示《しめ》せ。これ以上《いじょう》、俺《おれ》を落胆《らくたん》させるな。」

「……ハッ。どーも、ご親切《しんせつ》に。」

士道《しどう》はふてくされたように言《い》った。


「……よく追《お》いついた、二子《にこ》！」

「ファウルだけど、ナイスディフェンスだ。」

潔《いさぎ》と我牙丸《ががまる》は、しゃがみこんでいる二子《にこ》に手《て》を伸《の》ばす。

「……でも、ファウルでしか止《と》められなかった……。」

「え？」

「完全《かんぜん》に視《み》えてたのに――。」

二子《にこ》の眼《め》はあのとき、ボール・出《だ》し手《て》・受《う》け手《て》――全部《ぜんぶ》が視《み》える位置《いち》で、全員《ぜんいん》の動《うご》きを同時《どうじ》にとらえていた。

「糸師冴《いとしさえ》の動作《モーション》と士道《しどう》くんの動《オフ・ザ・ボール》き出しを把握《はあく》して、一番危険《いちばんきけん》なところをピンポイントで読《よ》んでたのに……。」

悔《くや》しそうに言《い》う二子《にこ》に、潔《いさぎ》は思《おも》わず感心《かんしん》してしまう。

「お前《まえ》……凄《すご》いな。」

「いや……閃堂《せんどう》くんが余計《よけい》だった。」

後半《こうはん》から、士道《しどう》のサポート役《やく》に徹《てっ》している閃堂《せんどう》。

「士道《しどう》くんの動《うご》きを捕捉《ほそく》して、ディフェンス陣《じん》の嫌《いや》がるところに走《はし》るから、それを気《き》にしてたら判断《はんだん》が一瞬遅《いっしゅんおく》れて……イエローカードに繋《つな》がってしまったんです。」

予測《よみ》は間違《まちが》っていなかった。

けれど、対策《たいさく》にない閃堂《せんどう》の警戒《ケア》は、判断《はんだん》をにぶらせる。

「士道《しどう》くんが投入《とうにゅう》された今《いま》、地味《じみ》だけど、彼《かれ》の存在《そんざい》は雑音《ノイズ》……。」

「二子《にこ》……。」

(コイツ……そこまで視《み》えてるのか……!?)

潔《いさぎ》は、二子《にこ》のプレー視野《しや》の広《ひろ》さに驚《おどろ》いた。

すると――。

「痛《つ》っ……。」

立《た》ち上《あ》がろうとした二子《にこ》が、一瞬《いっしゅん》、顔《かお》をしかめた。

右足首《みぎあしくび》を押《お》さえている。ブロックしたときに、士道《しどう》とぶつかったほうの足《あし》だ。

「大丈夫《だいじょうぶ》か⁉　お前《まえ》、さっきのプレーで足《あし》ひねったり……。」

「放《ほう》っといてください。やれますよ。やりたいんです、僕《ぼく》。」

自力《じりき》で立《た》ち上《あ》がって、二子《にこ》は潔《いさぎ》に言《い》う。

「ストライカーとしてレギュラーに選《えら》ばれなかったのは悔《くや》しいけど……。この眼《め》で……今《いま》のプレーで、少《すこ》し理解《わか》っちゃったんです。」

二子《にこ》の前髪《まえがみ》の下《した》、ギラリと眼《め》が光《ひか》る。


「FW《フォワード》を潰《つぶ》す――DF《ディフェンダー》の面白《おもしろ》さが。」


見《み》たこともない、射抜《いぬ》くようなまなざしに、潔《いさぎ》はぞくっと鳥肌《とりはだ》が立《た》った。

〝青い監獄《ブルーロック》〟の防衛監視塔《ぼうえいセンサー》は、潔《いさぎ》に言《い》う。

「だから、この試合《しあい》、絶対勝《ぜったいか》ちます。潔《いさぎ》くん――キミと出逢《であ》ってから僕《ぼく》は、自分《じぶん》が変《か》わってくコトが怖《こわ》くない。」

「……おう。」

二子《にこ》の覚悟《かくご》に、潔《いさぎ》もうなずいた。

＊＊＊

〝青い監獄《ブルーロック》〟11傑《イレブン》のファウルにより、U－20代表《アンダートゥエンティだいひょう》のフリーキックだ。

危険《きけん》なプレーによるファウルの場合《ばあい》、フリーキックでは、直接《ちょくせつ》ゴールを狙《ねら》うことができる。

「俺《おれ》が蹴《け》るぞ、冴《さえ》ちゃん。」

士道《しどう》がボールを置《お》き、となりに立《た》つ冴《さえ》に言《い》う。

「お前《まえ》の蹴《け》りたいコースは、面倒《めんどう》くさい弟《おとうと》が邪魔《じゃま》してらぁ♪」

ゴール右側《みぎがわ》には凛《りん》が陣取《じんど》り、左利《ひだりき》きの冴《さえ》のシュートコースを完全《かんぜん》にふさいでいた。

「……近《ちか》いし、多《おお》いな……。お前《まえ》も蹴《け》るコース無《ね》ぇだろ？」

冴《さえ》の言《い》うとおり、ゴール前《まえ》は敵《てき》と味方《みかた》がひしめきあっている。

PA《ペナルティエリア》ギリギリのフリーキックだ。壁《かべ》は四枚《まい》。ゴールの両側《りょうがわ》は凛《りん》と我牙丸《ががまる》がふさいでいる。

「うっせぇ。俺《おれ》が取《と》ったFK《フリーキック》だ。俺《おれ》が蹴《け》る。」

士道《しどう》は、オモチャを取《と》られまいとする子《こ》どものようだ。

「……それが最善《さいぜん》の手《て》か？」

冴《さえ》が聞《き》いた。

「あ？」

「お前《まえ》にはそのくらいの選択肢《せんたくし》しか、視《み》えねぇのかって聞《き》いてんだ。」

「……はぁ？」

士道《しどう》は眉《まゆ》をひそめる。

冴《さえ》の言《い》っていることはわからないが、バカにされたことはわかる。

気《き》にせず、冴《さえ》は言《い》う。

「〝現実的《げんじつてき》〟に可能《かのう》なプレーと、〝理想的《りそうてき》〟なやりたいプレー。そのふたつが交《まじ》わるギリギリを狙《ねら》え。インスピレーションを止《と》めるな。今《いま》、この瞬間《しゅんかん》、お前《まえ》の最高《さいこう》のゴールを想像《そうぞう》しろ。」

「…………」

士道《しどう》は想像《イメージ》した。自分《じぶん》にでき得《う》るかぎりの、挑戦的《ちょうせんてき》なゴールを。

それは、ここからまっすぐ狙《ねら》うゴールか——？

「……シビれること言《い》うねぇ、冴《さえ》ちゃん。じゃあ、必殺技《ひっさつわざ》思《おも》いついちゃったよ、俺《おれ》♪」

笑《わら》いながら、試《ため》すように冴《さえ》を見《み》る。

「でも、超絶《ちょうぜつ》ウルトラC《シー》だぜ？　ついてこれんのかぁ？」

「……ハッ。俺《おれ》を誰《だれ》だと思《おも》ってる——。」

鼻《はな》で笑《わら》って、冴《さえ》は言《い》う。

「夢《ゆめ》を見《み》ろ、悪魔《あくま》。俺《おれ》が魔法《まほう》をかけてやる。」

「あらあら。俺《おれ》、シンデレラ待遇《たいぐう》？　——キュンです♪」

直後《ちょくご》、士道《しどう》がボール目《め》がけて走《はし》り出《だ》す。

(動《うご》いた……来《く》る!!　キッカーは、士道《しどう》──!?)

壁役《かべやく》の潔《いさぎ》は身構《みがま》える。

士道《しどう》が、ボールを蹴《け》る──フリで、スルーして直進《ダッシュ》!!

シュートフェイント。本命《ほんめい》は──糸師冴《いとしさえ》!!


(いや──パスだろ!!)


冴《さえ》がシュートモーションに入《はい》った瞬間《しゅんかん》、千切《ちぎり》は走《はし》り出《だ》した。

狙《ねら》うは、士道《しどう》だ。

(壁《かべ》は動《うご》けないし、マークについてるメンバーは外《はず》せない！　その隙《すき》をついての横直進《サイドダッシュ》。

自由《じゆう》になる場所《ばしょ》で、パスを待《ま》つ気《き》だろ、触角《しょっかく》……!?)

させるか。
全力疾走《トップスピード》なら負《ま》けない――。

俺《おれ》が、ブチ止《と》める‼

冴《さえ》の選択《せんたく》は、千切《ちぎり》の予想《よそう》どおり、士道《しどう》へのパス！
（ホラ、来《き》た‼　読《よ》んだぞ‼　冴《お》・《ま》士《え》道《ら》の連動《れんどう》‼）
シュート級《きゅう》の豪速球《ごうそっきゅう》パスだ。
普通《ふつう》なら、追《お》いつくので精一杯《せいいっぱい》なはず。
（でも、士道《しどう》はボールすら見《み》てねぇ！）
まるで、冴《さえ》のパスが、士道《しどう》の行《い》きたい場所《ばしょ》へ勝手《かって》に飛《と》んでくると信《しん》じているように。
足《あし》でカットは間《ま》に合《あ》わない。
（跳頭弾《ダイビング・ヘッド》なら……ギリ、届《とど》――。）
冴《さえ》のパスめがけて、千切《ちぎり》は頭《あたま》から跳《と》びこんだ。

「⁉」

（届《とど》……かない⁉）

ボールは、わずか数《すう》センチメートル頭上《ずじょう》を越《こ》えていく。

（嘘《うそ》だろ⁉　オレの最高速到着地点《トップギアとうちゃくちてん》の数《すう》センチ先《さき》を狙《ねら》って——。）

そして士道《しどう》は、ようやく冴《さえ》のパスを見《み》た。

「おー。一点照準《ピンズド》。」

その瞬間《しゅんかん》、漆黒《しっこく》の両翼《りょうよく》を広《ひろ》げ、悪魔《あくま》が戦場《フィールド》に降《お》り立《た》つ。


「トぶぜ——全細胞《ぜんさいぼう》。」

龍聖《ドラゴン》・直下蹴弾《ドライヴ》‼


ダイレクトで放《はな》たれた縦回転《たてかいてん》のかかったシュートは、急降下《きゅうこうか》しながらゴールへ伸《の》びる。

「いや、バケモン……。」

我牙丸《ががまる》は、動《うご》くことすら許《ゆる》されなかった。

潔《いさぎ》も、その強烈《きょうれつ》なシュートを前《まえ》に、呆然《ぼうぜん》と立《た》ち尽《つ》くす。

「マジ……か。」

士道龍聖《しどうりゅうせい》、GOAL《ゴール》!!

U-20代表《アンダートゥエンティだいひょう》vs.〝青い監獄《ブルーロック》〟11傑《イレブン》――2-2!

これが――糸師冴《いとしさえ》×士道龍聖《しどうりゅうせい》。

天才《てんさい》と悪魔《あくま》の狂宴《きょうえん》!!

!!?
かない!?
嘘《うそ》だろ!? オレの最高速《トップギア》 到着地点《とうちゃくちてん》の…
数《すう》センチ先《さき》を 狙《ねら》って――…
おー 一点照準《ピンズド》
トぶぜ

全《ぜん》細《さい》胞《ぼう》…

第128話

交代劇《こうたいげき》

投入後《とうにゅうご》すぐに、糸師冴《いとしさえ》との抜群《ばつぐん》の連携《れんけい》プレーを見《み》せた士道《しどう》に、愛空《アイク》は思《おも》わず苦笑《くしょう》した。

「息合《いきあ》うじゃん、冴・士道《おふたりさん》♪」

ゴールの瞬間《しゅんかん》、会場《かいじょう》は再《ふたた》び熱狂《ねっきょう》に包《つつ》まれた。

『うあっとぉ!? U－20《アンダートゥエンティ》、13番《ばん》士道龍聖《しどうりゅうせい》……衝撃《しょうげき》の同点《どうてん》ゴール!!』

歓声《かんせい》を雨《あめ》のように浴《あ》びながら、士道《しどう》は恍惚《こうこつ》の表情《ひょうじょう》を浮《う》かべる。

「キマるぜ、脳汁《のうじる》!! あー、イクイク♡ シュワシュワドピュー♪」

「まだ同点《どうてん》だっつーの。早漏悪魔《そうろうあくま》が。」

それを、冴《さえ》は冷《ひ》ややかな眼《め》で見《み》つめた。

「うっひょー。今《いま》のは無理《むり》っしょ……。」

蜂楽《ばちら》が、度肝《どぎも》を抜《ぬ》かれたように言《い》う。

「止《と》まらない……ですね……。」

二子《にこ》もつぶやいた。

「あれが、糸師冴《いとしさえ》と士道龍聖《しどうりゅうせい》の〝化学反応《かがくはんのう》〟……。」

(エグすぎんだろ……今《いま》のセットプレー‼)

士道《しどう》と冴《さえ》の驚異的《きょういてき》な〝化学反応《かがくはんのう》〟を見《み》せつけられた潔《いさぎ》。

今《いま》のゴール――。

おそらく士道《しどう》は、自分《じぶん》のイメージする撃《う》ちたい位置《ポイント》に全力《ぜんりょく》でむかった。

それを読《よ》んだ千切《ちぎり》が、カットしに行《い》ったが――。

糸師冴《いとしさえ》はそれを予感《よかん》して、千切《ちぎり》に届《とど》かないギリギリの場所《ばしょ》にパスを通《とお》したのだ。

冴《さえ》のパスはすさまじかった。

千切《ちぎり》の全力疾走《ぜんりょくしっそう》の速度《そくど》……士道《しどう》の欲《ほ》しいシュートポイント……そして、自分《じぶん》のボールの速《はや》さと質《しつ》。

その全《すべ》ての条件《じょうけん》が重《かさ》なりあうキックを、あの一瞬《いっしゅん》で判断《はんだん》して、針《はり》の穴《あな》を通《とお》すパスを出《だ》した!!

〝全《すべ》ての条件《じょうけん》〟を、〝一瞬《いっしゅん》〟で――。

「……あ!」

潔《いさぎ》は気《き》づく。

(それって、俺《おれ》が求《もと》めてる〝反射《はんしゃ》〟のプレー!? だとしたら、士道《しどう》のシュートもそうだ!)

全力《ぜんりょく》で走《はし》りながら、高速《こうそく》で浮《う》いてくるパスに対《たい》しての、反転《はんてん》してジャンピングボレー。

しかも、士道《しどう》の得意《とくい》とするドライヴシュート!

あんなのは、脳《のう》と身体《からだ》で〝反射《はんしゃ》〟しなきゃ撃《う》てない――。

〝反射《はんしゃ》〟×〝反射《はんしゃ》〟だ!!

糸師冴《いとしさえ》と士道《しどう》の超人的《ちょうじんてき》プレーが重《かさ》なりあって、今《いま》のゴールが生《う》まれた!!

潔《いさぎ》の求《もと》める〝反射《はんしゃ》〟のプレーを、二人《ふたり》は軽々《かるがる》と連動《れんどう》させてみせた。

〝青い監獄《ブルーロック》〟があつかいきれなかった士道《しどう》のイメージを見抜《みぬ》いて、それに応《こた》える一発回答《いっぱつかいとう》の超絶《ちょうぜつ》パス。

しかも、冴・士道《このふたり》にとって、これはまだ序章《じょしょう》──。

喰《く》い止《と》めなきゃ一気《いっき》に逆転《ぎゃくてん》されて、試合《しあい》ごと呑《の》みこまれるぞ……!!

「いいね、下《した》まつげ兄《あに》！　気《き》に入《い》った♪　あとでLINE《ライン》交換《こうかん》しよ！」

士道《しどう》はハイテンションに冴《さえ》に言《い》う。

「あ？　ハットトリック決《き》めたら考《かんが》えてやる。」

相変《あいか》わらず、冴《さえ》はクールだ。

「言《い》ったな？　約束《やくそく》！」

士道《しどう》と冴《さえ》の一点《てん》で、U－20代表《アンダートゥエンティだいひょう》サイドは沸《わ》きに沸《わ》いていた。

対《たい》する〝青い監獄《ブルーロック》〟は、試合《しあい》の流《なが》れだけでなく……選手《せんしゅ》のコンディションにも影響《えいきょう》が出《で》始《はじ》めていた──。


「……くっ……。」

突然《とつぜん》、千切《ちぎり》が右《みぎ》ヒザを押《お》さえて倒《たお》れこんだ。

潔《いさぎ》はドキッとした。

「千切《ちぎり》!?　大丈夫《だいじょうぶ》か、おい……！」

千切《ちぎり》は過去《かこ》に一度《ど》、右《みぎ》ヒザにケガを負《お》っている。次《つぎ》にまた同《おな》じところをケガしたら、選《せん》手生命《しゅせいめい》に関《かか》わるとまで言《い》われているのだ。

「あぁ……。いや……足《あし》つっただけ……。」

心配《しんぱい》するなと言《い》いたげだが、その顔《かお》は苦《くる》しそうだ。

また、左《ひだり》サイドでは──二子《にこ》が、こらえきれず、芝生《しばふ》に座《すわ》りこんだ。

「……まだ、これからなのに……。」

ひねった右足《みぎあし》は、ごまかしがきかないくらい、痛《いた》みが激《はげ》しくなっている。

「……潮時《しおどき》だな。」

ベンチから様子《ようす》を見《み》ていた絵心《えご》が、つぶやいた。

「危機《きき》一髪《いっぱつ》のタックルでイエローもらって、右足首《みぎあしくび》を負傷《ふしょう》したCB《センターバック》と、スプリント回数《かいすう》最多《さいた》で攻守《こうしゅ》にわたって走《はし》り回《まわ》った、俊足《しゅんそく》SB《サイドバック》のスタミナ切《ぎ》れ……。そして、糸師《いとし》冴《さえ》と士道《しどう》龍聖《りゅうせい》によって、前半《ぜんはん》とは生《う》まれ変《か》わったU－20《アンダートゥエンティ》。」

〝青い監獄《ブルーロック》〟に流《なが》れ始《はじ》めた、停滞《ていたい》した空気《くうき》を、ここで断《た》ち切《き》る必要《ひつよう》がある。

「交代枠《こうたいわく》を使《つか》うときだ。」

ベンチの選手《せんしゅ》たちの表情《ひょうじょう》が強張《こわば》った。

この中《なか》の誰《だれ》かが、代《か》わりにフィールドに立《た》つ。

「わかりました……。誰《だれ》を投入《とうにゅう》しますか？」アンリがたずねる。

「……均衡《バランス》は崩《くず》された。必要《ひつよう》なのは、締《し》める役割《やくわり》だ。切《き》るカードは――。」

「ヒザは大丈夫《だいじょうぶ》なんだな？」

ストレッチを手伝《てつだ》いながら、潔《いさぎ》は千切《ちぎり》に聞《き》いた。

「……ああ。スマン。後半始《こうはんはじ》まったとこなのに……。」

痛《いた》みに顔《かお》をしかめながら、千切《ちぎり》が答《こた》える。

（この程度《ていど》の運動量《うんどうりょう》でスタミナ切《ぎ》れとか……。ブランクだな。）

千切《ちぎり》は、不甲斐《ふがい》ない気持《きも》ちで、たまらなくなった。

（『サッカーをあきらめるため』とか言《い》って逃《に》げようとしてた過去《ツケ》が、こんな大事《だいじ》なときに回《まわ》ってきやがった……。情《なさ》けない。）

ケガをしてから、走《はし》ることが怖《こわ》くなっていた。

ようやく、もう一度《いちど》、サッカーを楽《たの》しいと思《おも》えるようになったのに。

（もっとずっと、ちゃんと……走《はし》り続《つづ》けてれば……。）

後悔《こうかい》が押《お》し寄《よ》せる。

「千切《ちぎり》……お前《まえ》はよくやったよ。……交代《こうたい》みたいだ。」

潔《いさぎ》の声《こえ》に、千切《ちぎり》は戦場《フィールド》の端《はし》に目《め》をやる。

審判《しんぱん》がかかげるボードには、自分《じぶん》の背番号《せばんごう》「4」と、「16」の表示《ひょうじ》。

千切《ちぎり》は、ボードを視界《しかい》から消《け》すように、目《め》を覆《おお》う。

「……クソが。」

続《つづ》けて、ボードの表示《ひょうじ》がかわる。

背番号《せばんごう》「3」と「14」を交代《チェンジ》。

「……せっかく、面白《おもしろ》くなってきたのに……。」

背番号《せばんごう》「3」──二子《にこ》は、うらめしそうにボードを見《み》つめた。

『あーっと、ここで〝青い監獄《ブルーロック》〟11傑《イレブン》、選手交代《せんしゅこうたい》です！』

ボードをかかげる審判《しんぱん》のとなりに、交代《こうたい》の選手《せんしゅ》が入場《にゅうじょう》した。

『一気《いっき》に二枚代《まいか》えますね！　4番《ばん》・千切豹馬《ちぎりひょうま》と、3番《ばん》・二子一揮《にこいっき》を下《さ》げて──14番《ばん》・御影《みかげ》玲王選手《レオせんしゅ》と、16番《ばん》・氷織羊選手《ひおりようせんしゅ》の投入《とうにゅう》です！』

14番《ばん》・御《み》影《かげ》玲《レ》王《オ》選手《せんしゅ》と
16番《ばん》・氷《ひ》織《おり》 羊《よう》選手《せんしゅ》の投入《とうにゅう》です!!
"青い監獄《ブルーロック》"11傑《イレブン》
御《み》影《かげ》玲《レ》王《オ》
MIKAGE REO
"青い監獄《ブルーロック》"11傑《イレブン》
氷《ひ》織《おり》 羊《よう》
HIORI YO

ベンチへ下《さ》がる二子《にこ》と、玲王《レオ》はハイタッチをかわす。

「おつかれ、二子《にこ》。」

「後《あと》は頼《たの》みます。」

短《みじか》い会話《かいわ》をかわし、玲王《レオ》は戦場《フィールド》へ走《はし》った。

千切《ちぎり》と氷織《ひおり》も、ハイタッチ。

「ナイスランやったで、千切《ちぎり》くん。」

「…………。」

「ゆっくり休《やす》んどき。」

何《なに》も言《い》わない千切《ちぎり》に、一言《ひとこと》そう声《こえ》をかけ、氷織《ひおり》は戦場《フィールド》へむかった。

「……おい、なんだそりゃ……。」

無言《むごん》でベンチへ下《さ》がった千切《ちぎり》の顔《かお》を見《み》て、絵心《えご》が呼《よ》び止《と》めた。

「この交代《こうたい》に文句《もんく》でもあんのか？　——千切豹馬《ちぎりひょうま》。」

千切《ちぎり》は、大《おお》きな瞳《ひとみ》に涙《なみだ》をためている。

それがこぼれ落《お》ちないよう、必死《ひっし》に奥歯《おくば》を噛《か》んで叫《さけ》んだ。

「いえ……ありません……！」

「泣《な》くぐらいなら、最後《さいご》まで走《はし》れる身体《からだ》で戦場《フィールド》に立《た》て、バカが。その悔《くや》しさが、今《いま》のお前《まえ》の現在地《げんざいち》だ。」

絵心《えご》の言葉《ことば》がすべてだ。

千切《ちぎり》は、涙《なみだ》をこらえきれず、悔《くや》しさを噛《か》みしめた。

＊＊＊

『さぁ、ここで〝青い監獄《ブルーロック》〟は二人《ふたり》を代《か》えて、ポジションを変更《へんこう》してくるみたいですね！』

〝青い監獄《ブルーロック》〟は、RWG《ライトウィング》の乙夜《おとや》をRSB《ライトサイドバック》に下《さ》げ、氷織《ひおり》を投入《とうにゅう》。CB《センターバック》に、二子《にこ》の代《か》わりに玲王《レオ》が入《はい》る。

『あんなスーパーゴール喰《く》らったらねぇ！　今《いま》、流《なが》れはU－20代表《アンダートゥエンティだいひょう》がつかんでるよ！

『後半十分《こうはんぷん》！　この交代《こうたい》でどう修正《しゅうせい》してくるのか……戦《たたか》い方《かた》に注目《ちゅうもく》だねぇ！』

戦場《フィールド》では、氷織《ひおり》が乙夜《おとや》にポジションチェンジを説明《せつめい》している。

「乙夜《おとや》くん、SB《サイドバック》な。ムリに上《あ》がってこんでええから。」

「うぃー、うぃー。」

水分補給《すいぶんほきゅう》をしながら、テキトーな返事《へんじ》をする忍者《にんじゃ》・乙夜《おとや》。

「おい！　凪《なぎ》！」

CB《センターバック》の位置《いち》から、玲王《レオ》が声《こえ》をかけると、凪《なぎ》がふりむいた。

「決《き》めろよ、ゴール。お前《まえ》はこんなもんじゃないだろ。」

「うん……知《し》ってる。」

「勝《か》たなきゃ全部終《ぜんぶお》わるんだ。俺《おれ》たちはまだ、ここで終《お》わるには早《はや》すぎる。」

活《かっ》を入《い》れるような玲王《レオ》の言葉《ことば》に、凪《なぎ》の眼《め》つきが変《か》わった。

「うん……知《し》ってる。」

世界一《せかいいち》になるまで――終《お》わるわけにはいかない。

まだ、同点《どうてん》。
次《つぎ》の一点《てん》が試合《しあい》を左右《さゆう》する——!!
この戦《たたか》いの分岐点《ターニングポイント》だ!!

第129話 冷《れい》徹《てつ》と変《へん》幻《げん》

試合再開《リスタート》。ここが、〝青い監獄《ブルーロック》〟にとって、戦《たたか》いの分岐点《ターニングポイント》になる。

「前線《ぜんせん》に氷織《ひおり》が投入《とうにゅう》されたとき」——新《あら》たな戦術《せんじゅつ》にチェンジする。

それは、練習《れんしゅう》で積《つ》み重《かさ》ねてきた、〝青い監獄《ブルーロック》〟の攻撃選択肢《こうげきオプション》だ。

今《いま》までの攻撃《こうげき》は、いわば、「動《どう》」の戦型《スタイル》。

凛《りん》を中心《ちゅうしん》に全員《ぜんいん》が走《はし》り回《まわ》ることで、それぞれの選手《せんしゅ》が止《と》まることなく連続《れんぞく》で個人技《こじんぎ》を発揮《はっき》する攻撃《こうげき》だ。

でも、氷織《ひおり》のプレーの長所《ちょうしょ》は、冷静《れいせい》な視野《しや》とボールタッチ。

氷織《ひおり》は、前線《ぜんせん》で溜めを創《つく》る、「静《せい》」のテクニシャン!!

このフォーメーションでは、まず氷織《ひおり》がボールを前線《ぜんせん》まで運《はこ》ぶ。

「抜《ぬ》かせまい、水色坊主《みずいろぼうず》。」

乙夜《おとや》のときと同《おな》じく、すぐさま蛇来《だらい》が、氷織《ひおり》を足止《あしど》めする。

「別《べつ》に、かまへんよ、刺青《タトゥー》はん。僕《ぼく》は忍者《にんじゃ》でも瞬足《しゅんそく》でもないから——他《ほか》で勝負《しょうぶ》するねん。」

氷織《ひおり》は、左右《さゆう》のストライカーに視線《しせん》を動《うご》かす。

潔《いさぎ》、凪《なぎ》、凛《りん》、雪宮《ゆきみや》——氷織《ひおり》に連動《れんどう》して、パスを待《ま》っている。

氷織《ひおり》に求《もと》められるのは、1対《たい》1でかわすプレーじゃなく、俺《おれ》たちの需要《ムーヴ》に合《あ》わせた閃《ひらめ》きの供給《パス》——!!

「むきだしにするだけが、エゴじゃないで。」

氷織《ひおり》のノールックパス。

（アウトサイド⁉　速《はや》……‼）

（狭《せま》っ‼）

颯《はや》と閃堂《せんどう》が足《あし》を伸《の》ばすが、その間《あいだ》をすり抜《ぬ》け――烏《カラス》へ。

「細《ほ》っそいとこ通《とお》すやんけ。エロいのぅ。」

氷織《ひおり》と烏《カラス》は、大阪《おおさか》のユースチームで旧知《きゅうち》の仲《なか》だ。

「エロい」というのは、烏特有《カラスとくゆう》の褒《ほ》め言葉《ことば》。謎《なぞ》のワードセンスだ。

「相変《あいか》わらず……キックだけは上手《うま》いわ！」

わざとらしく皮肉《ひにく》をこめて、烏《カラス》が言《い》う。

「だ、だけやないし。」氷織《ひおり》が言《い》うと、

「ほな、見《み》せろや……お前《まえ》の非凡《ひぼん》。」

烏《カラス》のバックパスが返《かえ》ってくる。

「カァカァ五月蠅《うるさ》い烏《カラス》やなぁ。」

氷織《ひおり》も悪態《あくたい》をつくが、二人《ふたり》のパス交換《こうかん》は抜群《ばつぐん》のコンビネーションだ。

（近《ちか》い距離感《きょりかん》での、氷織《ひおり》と烏《カラス》のスイッチ……！　敵《てき》の虚《きょ》をついた……‼）

潔《いさぎ》は、氷織《ひおり》の動《うご》きに集中《しゅうちゅう》する。
氷織《ひおり》はつま先《さき》で、くいっ、とボールを止《と》めた。
自由《フリー》で溜《た》まる、この一瞬《いっしゅん》──。

「ほな、いこか。」

氷織《ひおり》の冷徹《れいてつ》で正確《せいかく》な左足《ひだりあし》に──反射《はんしゃ》しろ!!

ドンッ!!
氷織《ひおり》がボールを蹴《け》り上《あ》げる。
閃堂《せんどう》がパスカットを狙《ねら》うが、届《とど》かない。半月《はんげつ》を描《えが》くボールを、閃堂《せんどう》は目《め》で追《お》う。
(糸師冴並《いとしさえな》みのエグいカーブ軌道《きどう》!!　狙《ねら》いは、糸師凛《いとしりん》──。)
「……の、奥《おく》かよ!?」
ボールは凛《りん》を飛《と》び越《こ》え──凪誠士郎《なぎせいしろう》へ。

囮《おとり》に使《つか》われたことがわかると、凛《りん》はわかりやすく舌打《したう》ちした。

「ごっつぁん、氷織《ひお》りん。」

フリーで抜《ぬ》け出《だ》した凪《なぎ》。しかし、前方《ぜんぽう》に仁王和真《におうかずま》が立《た》ちはだかる。

「バカが。ごちそうさまは、俺《おれ》を喰《く》ってから言《い》え‼　やる気《き》なしトラップ小僧《こぞ》ぉ‼」

「うぇ⁉」

さすがは、どこからでも嗅《か》ぎつける番犬《ばんけん》だ。

（ドーベルマン、超邪魔《ちょうじゃま》……せっかく凛《りん》を囮《おとり》にして裏抜《うらぬ》けたのに……。）

迫《せま》るボールに、凪《なぎ》は焦《あせ》る。

（あ……もうボール来《く》るし……。ヤベ……どーしよ……。とりま、跳《と》ぶ――。）

ここからゴールは狙《ねら》えない。

凪《なぎ》は空中《くうちゅう》で、パスの出《だ》し先《さき》を探《さが》す。

（空《あ》いてる、空間《トコ》……そこしかねぇ！）

足《あし》をクロスさせ、かかとでパス。

「お前《まえ》なら感《かん》じれるだろ――潔世一《ストライカー》。」


凛《りん》の裏《うら》を抜《ぬ》け、走《はし》りこんでくる潔《いさぎ》の元《もと》へ。

（来《き》たぜ‼　ずっと狙《ねら》ってた、凛《りん》の裏《うら》‼）

ゴールは目《め》の前《まえ》。いける！

ためらうな。振《ふ》り抜《ぬ》け……‼
直撃蹴《ダイレクトシュ》――。

バチンッ！

目《め》の前《まえ》に飛《と》び出《だ》してきた愛空《アイク》の足《あし》が、潔《いさぎ》のボールを弾《はじ》き出《だ》す。

「コソ泥《どろ》ちゃん。――首輪《くびわ》つけにきてやったぜ。」

「な……。」

（愛空《アイク》……⁉　フザけんな。なんでいる……⁉　どんだけ補足範囲《リカバリー・エリア》広《ひろ》いんだよ⁉）

戦場《フィールド》のどこにいても、警察《けいさつ》が追《お》ってくる。

(今変《いまか》えたばっかのフォーメーションと、即興《アドリブ》の凪《なぎ》の裏《うら》パスだぞ⁉　一番最初《いちばんさいしょ》に反応《はんのう》した俺《おれ》より先《さき》に届《とど》いた……。)

愛空《アイク》の包囲網《ほういもう》からは、逃《のが》れられない――。

(愛空《コイツ》に視《み》られてる領域《テリトリー》じゃ、俺《おれ》の能力《のうりょく》は死《し》ぬ……‼)

「カウンター警戒《けいかい》‼」

シュートチャンスを逃《のが》したのは悔《くや》しいが、今度《こんど》は敵《てき》のカウンターがくる。

ここで、ボールは、U－20代表《アンダートゥエンティだいひょう》、颯波留《はやてはる》へ。

「さっすが主将《キャップ》。――頼《たの》むよ、天才《ジーニアス》。」

そして、すぐさま冴《さえ》へパス。

「来《く》るぞ！　士道《しどう》へのパスケア‼」

烏《カラス》が叫《さけ》ぶ。

要《かなめ》となるのは、ゴール前《まえ》を守護《まも》るＣＢ《センターバック》だ。

「ここで、阻止《そし》る。――いくぞ、玲王《レオ》。」

蟻生《ありゆう》が、玲王《レオ》に呼《よ》びかけた。

——玲王《レオ》は、交代《こうたい》のタイミングで、絵心《えご》にこう言《い》い渡《わた》された。

「いいか、御影玲王《みかげレオ》。お前《まえ》を交代《こうたい》で投入《とうにゅう》する理由《りゆう》はただひとつ。——〝士道《しどう》を止《と》める〟という役割《やくわり》だ。」

靴紐《くつひも》を結《むす》び直《なお》しながら、玲王《レオ》はうなずいた。

「はい。DF《ディフェンダー》として合宿《がっしゅく》もこなしてきましたし、言《い》われたとおり、ここまでの試合中《しあいちゅう》ずっと観《み》てましたから——U《ア》‐20《イ》DF《ッ》陣《ら》の生態《コト》を!!」

……そして玲王《レオ》は、交代《こうたい》してからもずっと、戦場《フィールド》を動《うご》き回《まわ》る士道《しどう》と冴《さえ》を注意深《ちゅういぶか》く目《め》で追《お》っていた。

(士道《しどう》と、糸師冴《いとしさえ》……二人《ふたり》の位置《いち》を常《つね》に視野《しや》にとらえろ……。)

二人《ふたり》のパス交換《こうかん》。ポジショニング——少《すこ》しの違和感《いわかん》も見逃《みのが》すな。

(まだドリブル……まだ動《うご》き出《だ》さない……まだ——。)

冴《さえ》が足《あし》を振《ふ》り上《あ》げ、士道《しどう》が一気《いっき》に走《はし》り出《だ》す——。

(連動《くる》……殺《ころ》す!!)

冴《さえ》のパスが、士道《しどう》目《め》がけて急降下《きゅうこうか》する。

士道《しどう》の元《もと》へ落《お》ちる――その直前《ちょくぜん》。

戦場《フィールド》に、うねる大蛇《だいじゃ》が現《あらわ》れた。

ボールを丸《まる》のみにしようと、大《おお》きな口《くち》をあけるように――御影《みかげ》玲王《レオ》が、冴《さえ》のパスに牙《きば》をむく。

「!? は?」

士道《しどう》は、ぽかんとして、玲王《レオ》を見《み》つめた。

しかし、愛空《アイク》は気《き》がついた。

(あれは――試合《しあい》の初《はじ》めにクリアした、愛空《おれ》の動《うご》き……!?)

「99パーセント、複写成功《コピーせいこう》。」

全能力値《ぜんパラメーター》が優秀《ゆうしゅう》な玲王《レオ》だからできる、愛空《アイク》の複写《コピー》!

U-20 U-20 BLUE LOCK

!!?
は?
あれは…
試合《しあい》の初《はじ》めにクリアした…
愛空《おれ》の動《うご》き…!?
99%複写成功《コピーせいこう》
愛空《アイク》の能力《のうりょく》なら士道《アイツ》・冴《ら》とも渡《わた》り合《あ》える——

愛空《アイク》の能力《のうりょく》なら、士道《アイツら》・冴ともやりあえる。
これが――この試合《しあい》での俺《おれ》の役割《やくわり》。

変幻守備《カメレオンディフェンス》!!

蛇《へび》の皮《かわ》を破《やぶ》り、現《あらわ》れた変幻自在《へんげんじざい》なカメレオンが、ヘディングでパスカット!
「いいよ、玲王《レオ》。かっくいー。」
淡々《たんたん》とした表情《ひょうじょう》のまま、凪《なぎ》も玲王《レオ》の躍動《やくどう》をたたえる。
他人《たにん》の技《わざ》を盗《ぬす》み取《と》り、戦場《フィールド》を青《ブルー》に染《そ》めるカメレオン。

この万能《チカラ》で、士道《しどう》を殺《ころ》す!!

第130話　世《せ》界《かい》はまだ俺《おれ》を知《し》らない

『あぁっと、14番《ばん》御影《みかげ》玲王《レオ》、スーパークリア!!』

玲王《レオ》がヘディングで叩《たた》き出《だ》したボールは、タッチラインを割《わ》り、場外《じょうがい》へ。

『ボールはサイドアウト！　スローインで再開《さいかい》です!!』

愛空《アイク》の複写《コピー》で見事《みごと》U－20《アンダートゥエンティ》代表《だいひょう》の攻撃《こうげき》を防《ふせ》いだ玲王《レオ》。

（玲王《おれ》の身体能力《しんたいのうりょく》で再現可能《さいげんかのう》な動《うご》きなら……どんなプレーでも99パーセント、複写《コピー》できる!!）

ベンチで待機《たいき》している間《あいだ》、この戦場《フィールド》の選手《せんしゅ》たちのプレーを観察《かんさつ》していた。

DF《ディフェンダー》として、役割《やくわり》はまっとうする。

でも、玲王《レオ》だってエゴを捨《す》てたわけじゃない。

（この試合《しあい》、なんとしても勝《か》って……俺《おれ》はもう一度《いちど》ストライカーを目指《めざ》す!!　DF《ディフェンダー》で終《お》わるワケじゃねぇ……!!）

玲王《レオ》の視線《しせん》の先《さき》には、いつも、凪誠士郎《なぎせいしろう》の背中《せなか》がある。

（勝《か》ってもう一度《いちど》……凪《アイツ》と……。）


（凄《すげ》ぇ……！）

潔《いさぎ》は、玲王《レオ》と氷織《ひおり》のプレーに確実《かくじつ》な手《て》ごたえを感《かん》じていた。

（玲王《レオ》の変幻守備《カメレオンディフェンス》で士道《しどう》をマークして……氷織《ひおり》の溜《た》めで攻撃《こうげき》のバリエーションが増《ふ》えた……!!）

玲王《レオ》・氷織《ひおり》の投入《とうにゅう》で、試合《ゲーム》にバランスが戻《もど》って、〝青い監獄《ブルーロック》〟が息《いき》を吹《ふ》き返《かえ》しつつある。

（交代《こうたい》は成功《せいこう》した！　あとは……俺《おれ》のゴール……。）

愛空《アイク》をブチ抜《ぬ》かなきゃ、俺《おれ》は何《なに》もできない!!

愛空《アイク》を潰《つぶ》す……情報《ピース》を集《あつ》めろ!!

「おい、糸師冴《いとしさえ》。ナイスパスだったぜ。」

士道《しどう》は、ウキウキで冴《さえ》に歩《あゆ》み寄《よ》る。

「お前《まえ》とやるサッカーはすこぶる楽《たの》しいよ。なんか、脳《のう》ミソが電波《でんぱ》ビンビン丸《まる》な気分《きぶん》♪」

「……あ？　なんだそりゃ。」

対《たい》する冴《さえ》は、まるで興味《きょうみ》なさそうだ。

「わっかんね。でも初《はじ》めての感《かん》じがする……。初《はじ》めて、俺《おれ》の自由《じゆう》が理解《りかい》されてるような……。」

士道《しどう》は両手《りょうて》を組《く》んで首《くび》の後《うし》ろに回《まわ》し、ぐーっと伸《の》びをする。

見上《みあ》げた空《そら》には、星《ほし》が輝《かがや》きだしていた。

「大爆発《ビッグバン》の予感《よかん》。」

今《いま》なら、この空《そら》の星《ほし》を全《すべ》て壊《こわ》して、新《あたら》しい宇宙《うちゅう》すら創《つく》り出《だ》せそうな気《き》がする。

まだ見《み》ぬ自分《じぶん》の進化《しんか》に、士道《しどう》の胸《むね》は高鳴《たかな》っていた。

冴《さえ》はやれやれという様子《ようす》で言《い》う。

「めでたいのはわかったから……ゴールを生《う》め、悪魔《あくま》。」

閃堂《せんどう》のスローインで試合再開《リスタート》。

士道《しどう》は走《はし》り出《だ》す。自分《じぶん》の最高《さいこう》のゴールが生《う》まれる場所《ばしょ》へ、一直線《いっちょくせん》に。

満員《まんいん》の観客《かんきゃく》の視線《しせん》、必死《ひっし》に動《うご》き回《まわ》る選手《せんしゅ》たち——それらを見《み》て、士道《しどう》は思考《しこう》する。


世界《せかい》はまだ、俺《おれ》を知《し》らない——。


パス？　戦術《せんじゅつ》？

こうすりゃ勝《か》てる？

ああすりゃ勝《か》てる？

——ダッセェんだよ、お前《まえ》ら。


ボールは、狐里《きつねざと》から冴《さえ》へ。

〝青い監獄《ブルーロック》〟は必死《ひっし》に何《なに》か指示《しじ》を出《だ》しあっている。

〝サッカー〟ってのはスポーツじゃなく、〝生命活動《せいめいかつどう》〟だと何度《なんど》言《い》えば理解《わか》る⁉

全国《ぜんこく》のエゴイストが集《あつ》まる〝青い監獄《ブルーロック》〟ですら、理解《りかい》されなかった、士道《しどう》の哲学《ロジック》。

でも今《いま》――糸師冴《いとしさえ》となら、自分《じぶん》の限界《げんかい》を超《こ》えられる予感《よかん》がする。

士道《しどう》の武器《ぶき》は〝超空間感覚《ちょうくうかんかんかく》〟だ。

ゴールを奪《うば》い、この戦場《フィールド》で生《い》きるコトだけに全振《ぜんふ》りした、ＰＡ《ペナルティエリア》全認識得点能力《パーフェクション》――。

ＰＡ《ペナルティエリア》付近《ふきん》なら背中越《せなかご》しでも、視《み》ずに正確《せいかく》にゴールマウスをとらえられる！

――そして、士道《しどう》はゴール前《まえ》に一人《ひとり》抜《ぬ》け出《だ》した。

さぁ、出《だ》せ‼

ここだ、天才《てんさい》‼

俺《おれ》の細胞《さいぼう》は全《すべ》て、ゴールのためにある‼

冴《さえ》からの正確《せいかく》なパス。完璧《かんぺき》。

ゴールに背中向《せなかむ》き。余裕《よゆう》で撃《う》てる――。

「撃《う》たせねぇよ。」

ガッと、背中《せなか》に衝撃《しょうげき》を喰《く》らった。

御影玲王《みかげレオ》が、身体《からだ》を盾《たて》にして士道《しどう》の背後《はいご》をふさぐ。

(身体《からだ》をブツけて振《ふ》り向《む》かせないディフェンス……⁉　玲王《コイツ》……仁王《あのヒゲ》のプレーも複写《コピー》しやがった⁉)

士道《しどう》は皮肉《ひにく》をこめて、玲王《レオ》に言《い》う。

「愛空《アイク》の次《つぎ》は仁王《におう》かよ……器用《きよう》なヤツ。モノマネ芸人《げいにん》か、てめぇ？」

「コピーに負《ま》けてちゃ世話《せわ》ねぇな。悪魔《あくま》から悪《わる》ガキに降格《こうかく》するか？」

玲王《レオ》の皮肉《ひにく》カウンターに、士道《しどう》は、ピキッとこめかみの血管《けっかん》を浮《う》き立《た》たせる。

「ハッ……所詮《しょせん》コピーだろ、てめぇは‼」

強引《ごういん》にシュートを撃《う》ちこもうとすれば、まんまと玲王《レオ》に弾《はじ》かれた。

弱々《よわよわ》しく浮《う》いたボールを、我牙丸《ががまる》が片手《かたて》でキャッチ。

「いいぞ、玲王《レオ》。ナイスシュートブロック。……コピーもう一枚《まい》よろ。」

士道《しどう》はいまいましそうに舌打《したう》ちした。

「上《あ》がれ、上《あ》がれ！」と、我牙丸《ががまる》が選手《せんしゅ》たちに指示《しじ》を出《だ》す。

（〝爆発《ばくはつ》〟が足《た》りねぇな……。）

士道《しどう》が首《くび》を回《まわ》して伸《の》ばすと、ポキッと関節《かんせつ》のきしむ音《おと》がした。


人間《にんげん》ってのはみんな、自分という存在《そんざい》を残《のこ》すために生《い》きてんだ。

自分《じぶん》の遺伝子《いでんし》を残《のこ》す行為《こうい》こそ――生《い》きとし生《い》けるものに与《あた》えられた生存本能《プログラム》だ。

結婚《けっこん》して、子《こ》どもを生《う》んで、育《そだ》てる――それだけが、〝遺伝子《いでんし》を残《のこ》す〟ことじゃない。

誰《だれ》かと繋《つな》がったり……誰《だれ》かを傷《きず》つけたりして、誰《だれ》かの記憶《きおく》に残《のこ》る行為《コト》もそれに等《ひと》しい。

何《なに》かを創《つく》るのも。

何者《なにもの》かになりたいと望《のぞ》むのも。

自分《じぶん》が生《い》きた証《あかし》を、この世界《せかい》に刻《きざ》む行為《こうい》だ。

俺《おれ》にとっては、たまたまそれが〝サッカー〟だっただけ――。

(研《と》ぎ澄《す》ませろ……。)
この戦場《フィールド》に、己《おのれ》の遺伝子《いでんし》を刻《きざ》みつけるため。

俺《おれ》にとって――ゴールとは〝受精《じゅせい》〟!!
シュートは〝種《たね》〟で、ゴールネットは〝卵《たまご》〟だ!!
その歓喜《かんき》の〝誕生《たんじょう》〟を、俺《おれ》は〝爆発《ばくはつ》〟と呼《よ》ぶ!!

我牙丸《ががまる》が、ゴールから一気《いっき》にロングパス。
凪《なぎ》と颯《はやて》が、落下《らっか》してくるボールに狙《ねら》いを定《さだ》めるが――。
二人《ふたり》よりも早《はや》く、糸師冴《いとしさえ》が胸《むね》トラップでボールをかっさらう。

「天才《てんさい》……。」

その瞬間《しゅんかん》、士道《しどう》はわき目《め》もふらず走《はし》り出《だ》す。

間髪入《かんぱつい》れず、冴《さえ》からゴール前《まえ》へ縦一直線《たていっちょくせん》のロングパス！

「なっ⁉」

玲王《レオ》は、冴《さえ》に気《き》を取《と》られ、一瞬《いっしゅん》、士道《しどう》から目《め》をそらした。

「超《ちょう》ロングパス……⁉　無警戒《むけいかい》……！」

我牙丸《ががまる》も、予想外《よそうがい》の展開《てんかい》にあぜんとする。

「ヤバい、戻《もど》れ‼」

潔《いさぎ》は叫《さけ》んだ。

（こんなん、誰《だれ》も反応《はんのう》――……。）

自陣《じじん》へ戻《もど》ろうとして、潔《いさぎ》はハッと気《き》がつく。

（いや、一人《ひとり》だけ反射して走《はし》ってる⁉）

士道龍聖《しどうりゅうせい》が、誰《だれ》よりも速《はや》くボールを追《お》っていることに。

（狙《ねら》ってたのか……士道《しどう》‼）

玲王《レオ》が慌《あわ》てて追《お》うが、士道《しどう》はすでにフリーで飛《と》び出《だ》している。

（もらったぜ！　完《かん》ッ全《ぜん》に抜《ぬ》け出《だ》した!!）

士道《しどう》は勝《か》ち誇《ほこ》った気持《きも》ちがした。

敵《てき》も味方《みかた》も出《だ》し抜《ぬ》いた。

（俺《おれ》だけ!!　俺《おれ》の〝種《ボール》〟!!　――あとは、GK《ゴールキーパー》と1対《たい》1……。）

「!?」

見《み》れば、我牙丸《ががまる》がPA《ペナルティエリア》を飛《と》び出《だ》し、捨《す》て身《み》でボールを止《と》めようとしている。

（マジかよ……ちょんまげGK《キーパー》!?）

「飛《と》び出《だ》しヘッド！　ハンドNG《エヌジー》ダイヴ!!」

我牙丸《ががまる》のヘディングで、ボールは高《たか》く浮《う》いた。

「ナイス、我牙丸《ががまる》！」

潔《いさぎ》の声《こえ》を、士道《しどう》はうんざりしながら聞《き》いていた。

（ダリ……また攻撃《こうげき》やり直《なお》し――。）

そのとき――不意《ふい》に、背後《はいご》のゴールがくっきりと脳裏《のうり》に浮《う》かんだ。

距離《きょり》、角度《かくど》、シュートコース――ＰＡ《ペナルティエリア》の外《そと》にいるのに、全《すべ》て手《て》に取《と》るように視、、、える。

（……あれ？　なんだ、この感覚《かんかく》。）

めちゃくちゃ遠《とお》いのに……。

背中《せなか》でゴールを感《かん》じる。

周囲《しゅうい》の音《おと》が遮断《しゃだん》されて、意識《いしき》が一点《いってん》に集中《しゅうちゅう》する。

血《ち》が沸《わ》き立《た》つ。

俺《おれ》のサッカー細胞《さいぼう》が。

炸裂《スパーク》しろと、肉躍《にくおど》る――。


士道《しどう》は、導《みちび》かれるまま、地《ち》を蹴《け》る。

考《かんが》えるよりも先《さき》に、ボールに足《あし》が伸《の》びる。

――その様子《ようす》を見《み》た絵心《えご》は、低《ひく》くつぶやいた。

「入《はい》ったか——〝FLOW《フロー》〟。」

士道《しどう》のバイシクル・ドライブシュート——大爆発直下蹴弾《ビッグバン・ドライブ》!!

それは、天地《てんち》を創《つく》り替《か》える悪魔《あくま》の一撃《いちげき》。

敵《てき》が大慌《おおあわ》てでゴールへ戻《もど》っている。そんなことをしても、もう遅《おそ》いのに。

士道《しどう》は、言《い》い知《し》れぬ快感《かいかん》に包《つつ》まれていた。

さぁ♪

俺《おれ》をまだ知《し》らない、世界《せかい》の人間《クソ》どもに告《つ》ぐ。

俺《おれ》のゴールを、士道《おれ》の遺伝子《いでんし》を——。

孕《はら》め!!

遺伝子《いでんし》を刻《きざ》みつける、士道龍聖《しどうりゅうせい》のゴール!!
U《アンダー》－20《トゥエンティ》代表《だいひょう》vs.〝青い監獄《ブルーロック》〟——3－2!!

俺《おれ》を まだ知《し》らない
世界《せかい》の
人間共《クソども》に告《つ》ぐ

俺《おれ》のゴールを
士道《おれ》の遺伝子《いでんし》を——
LUE•LOCK
U-20
BLUE•LOCK
JFU

第131話 教《おし》えた感情《コト》

「挑戦的集中《ちょうせんてきしゅうちゅう》——この試合《しあい》で最初《さいしょ》に〝FLOW《フロー》〟にいたるのは、お前《まえ》だったか——士道龍《しどうりゅう》聖《せい》。」
跳《と》び上《あ》がって雄叫《おたけ》びを上《あ》げる士道《しどう》を見《み》て、絵心《えご》がつぶやく。

『ヤッバ……はは……。』
放送席《ほうそうせき》は、もはや言葉《ことば》も出《で》ない。
『ちょ……超絶《ちょうぜつ》！　ロングバックヘッドシュートで……U－20《アンダートゥエンティ》代表《だいひょう》、逆転《ぎゃくてん》!!』
観客《かんきゃく》たちは、ほとんど悲鳴《ひめい》に近《ちか》い声《こえ》で叫《さけ》んでいた。

「士道《しどう》くん!! 凄《すげ》え!!」

「空中殺法《くうちゅうさっぽう》じゃん!!」

狐里《きつねざと》と音留《ねる》が、着地《ちゃくち》した士道《しどう》に駆《か》け寄《よ》る。

「ナイスゴ……。」

ハグしようとした音留《ねる》を無視《むし》して、士道《しどう》は一目散《いちもくさん》に駆《か》け出《だ》した。

「え!? どこ行《い》くの!?」

士道《しどう》は勢《いきお》いよく、糸師冴《いとしさえ》の背中《せなか》に飛《と》び乗《の》った。

「決《き》めたぞ、糸師冴《いとしさえ》! 俺《おれ》はお前《まえ》とずっとサッカーをする!! お前《まえ》といると味《あじ》わったことないビンビンが手《て》に入《はい》る♪」

「…………」

ギュッ、と冴《さえ》の眉間《みけん》にシワが寄《よ》る。

「……キメェ。」

糸師冴《いとしさえ》、士道《しどう》をそのまま背負《せお》い投《な》げ。

「おご!」

無様《ぶざま》に地面《じめん》に叩《たた》きつけられた士道《しどう》を、冴《さえ》が一瞥《いちべつ》する。

「ハットトリック決《き》めろっつったろ。それでLINE《ライン》交換《こうかん》なんだろ？　それまでは俺《おれ》に触《さわ》んじゃねぇよ、発情悪魔《はつじょうあくま》が。」

「へへ、OK《オーケー》、OK《オーケー》♪　じゃあ、あと10点奪《てんと》ったら一緒《いっしょ》にシェアハウスな⁉」

冴《さえ》との〝化学反応《かがくはんのう》〟で、かつてないスーパープレーを連発《れんぱつ》する士道《しどう》。

後半《こうはん》に入《はい》ってあっという間《ま》に逆転《ぎゃくてん》だ。

監督《かんとく》の法一《ほういち》はほっとして喜《よろこ》び、不乱蔦《ぶらつた》をはじめとする日本《にほん》フットボール連合《れんごう》の理事《りじ》たちも、どんちゃん騒《さわ》ぎ。

対《たい》して——士道《しどう》のゴールは、〝青い監獄《ブルーロック》〟を絶望《ぜつぼう》させるには十分《じゅうぶん》すぎるほどだった。

「なんだよ……あのゴール……。」

潔《いさぎ》は、呆然《ぼうぜん》と戦場《フィールド》に立《た》ちつくしていた。

（ハンパなさすぎだろ……。）

士道《しどう》のゴールは、嫉妬《しっと》するほど凄《すさ》まじかった。

〝青い監獄《ブルーロック》〟には扱《あつか》いきれなかった士道《しどう》に、糸師冴《いとしさえ》は挑戦《ちょうせん》となる目標《パス》を与《あた》え続《つづ》けた。
それを――士道《しどう》は、一人《ひとり》で乗《の》り越《こ》えたからこそ、生《う》まれたウルトラゴール!!

士道《しどう》は今《いま》、〝FLOW《フロー》〟状態《じょうたい》にいる。

「クソ……！　クソ！」
潔《いさぎ》は、ギリッと、奥歯《おくば》を噛《か》む。
(俺《おれ》がやりたかった……。俺《おれ》がやらなきゃいけないコトをやりやがった……！)
天才《てんさい》・糸師冴《いとしさえ》の導《みちび》きで、覚醒《かくせい》した悪魔《あくま》。
この試合《しあい》は完全《かんぜん》に、呑《の》みこまれた――！
その瞬間《しゅんかん》、ぞっとするような恐怖《きょうふ》が襲《おそ》いかかってきた。
〝敵《かな》わない〟――そんな、途方《とほう》もない絶望《ぜつぼう》に足元《あしもと》をすくわれそうになる。

〝青い監獄《おれたち》〟は全《すべ》てを、何《なに》もかもを尽《つ》くしてるのに……。

このままじゃ、負《ま》ける……!!

このままじゃ、終《お》わる!!


日本《にほん》サッカーを変《か》えるのは〝青い監獄《おれたち》〟じゃなく、冴・士道《あのふたり》なのか……!?


じりじりと、焦《あせ》りが〝青い監獄《ブルーロック》〟をむしばむ。

その中《なか》で凛《りん》は、抜群《ばつぐん》のコンビネーションを見《み》せる冴《さえ》と士道《しどう》を、きつくにらみつけていた。


「糸師冴《いとしさえ》!」

「士道《しどう》! 士道《しどう》!」

「冴《さーえ》!」「士道《しどう》!」「冴《さーえ》!」「士道《しどう》!」

観客《かんきゃく》たちは、天才MF《てんさいミッドフィルダー》と新生《しんせい》ストライカーのスーパープレーに釘付《くぎづ》けだ。

このまま負《ま》ければ――〝青い監獄《ブルーロック》〟は消《き》えてなくなる。

〝青い監獄《おれたち》〟は……。

潔《おれ》は――。

潔《いさぎ》は、とある決心《けっしん》のもと、ぐっと顔《かお》を上《あ》げた。

＊＊＊

「絵心《えご》さん……どうしますか、この状況《じょうきょう》……？」

アンリは、動揺《どうよう》した様子《ようす》で絵心《えご》に詰《つ》め寄《よ》る。

「あんなゴールは、〝青い監獄《ブルーロック》〟にいたときの士道《しどう》くんのデータではありえない……。まさに、覚醒中《かくせいちゅう》の数値《すうち》……！　何《なに》か対策《たいさく》を練《ね》らなきゃ、このままやられます……。何《なに》かご指示《しじ》を！」

しかし、絵心《えご》は一言《ひとこと》こう言《い》った。

「無《な》いよ。これ以上《いじょう》は無計画《ノープラン》。」

「……は？　ちょ……何言《なにい》ってるんですか……!?」

アンリは面食《めんく》らう。

「このままじゃ負《ま》けるんですよ……!?　負《ま》けたら、〝青い監獄《ブルーロック》〟は消滅《しょうめつ》するんですよ

……!?　そしたら、ここまでやってきたコトが全部《ぜんぶ》……。」

「絵心《えご》さん……!!」

アンリの言葉《ことば》をさえぎって、潔《いさぎ》がベンチに駆《か》けこんできた。

「このまま終《お》わりたくない……。俺《おれ》たちはどうすればいい……？」

潔《いさぎ》たちに残《のこ》された、最後《さいご》のヒント。

戦場《フィールド》からは見《み》えない視点《してん》──監督《かんとく》の助言《アドバイス》。

「俺《おれ》たちは、アンタの言《い》うとおりに全力《ぜんりょく》で戦《たたか》ってる……。それでも……届《とど》かないんだよ

……!!　教《おし》えてくれ……どうすれば勝《か》てる……？」

すると、絵心《えご》は、いつもとなんら変《か》わらない調子《ちょうし》で言《い》う。

「……バカか、お前《まえ》ら。〝青い監獄《ブルーロック》〟はもうすでに勝《か》ってる。」

潔《いさぎ》は言葉《ことば》を失《うしな》った。

アンリも、「へ？」と、不思議《ふしぎ》そうな顔《かお》で絵心《えご》を見《み》る。

絵心《えご》は、まっすぐ潔《いさぎ》の眼《め》を見《み》て言《い》う。

「──前半《ぜんはん》の圧勝《あっしょう》。士道龍聖《しどうりゅうせい》の躍動《やくどう》。ここまでは完璧《かんぺき》に俺《おれ》の台本《だいほん》どおりだ。たしかに、この試合《しあい》に負《ま》ければ〝青い監獄《ブルーロック》〟は消滅《しょうめつ》し、俺《おれ》は日本《にほん》サッカー界《かい》から永久追放《えいきゅうついほう》されるだろう。」

絵心《えご》は、「……だが。」と続《つづ》ける。

「お前ら、は消《き》えない。」

その瞬間《しゅんかん》――潔《いさぎ》は、絵心《えご》の意図《いと》を理解《りかい》した。

「糸師冴《いとしさえ》に見初《みそ》められた士道龍聖《しどうりゅうせい》は、日本《にほん》サッカーの中心王道《スターダム》に立《た》ち、その次《つぎ》のエースとして糸師凛《いとしりん》はU－20代表《アンダートゥエンティだいひょう》に入《はい》るだろう。そして、他《ほか》の〝青い監獄《ブルーロック》〟メンバーも……有名《ゆうめい》大学《だいがく》や国内《こくない》リーグ、多方面《たほうめん》から声《こえ》がかかり道《みち》は開《ひら》ける。」

淡々《たんたん》とした絵心《えご》の口調《くちょう》は、まるで〝これが最善《さいぜん》だ〟と言《い》わんばかりだ。

「それだけのパフォーマンスを、お前らはしたんだ。だからこの先《さき》の未来《みらい》、『〝青い監獄《ブルーロック》〟にいた』コトが有利《アドバンテージ》になる時代《じだい》が来《く》る。」

元《もと》より、自分《じぶん》を犠牲《ぎせい》にして、〝青い監獄《ブルーロック》〟を守《まも》るつもりだったかのような口《くち》ぶりだ。

「そして俺《おれ》が消《き》えて、お前《まえ》らが日本《にほん》サッカーを変《か》えてくんだ。――胸《むね》を張《は》れ。〝青い監獄《ブルーロック》〟は俺たち《おれたち》の勝《か》ってる。」

最初《さいしょ》にわきあがった感情《かんじょう》は――「ふざけんな」だ。

「知《し》るかよ。どーだっていいんだよ、そんなコト。」

潔《いさぎ》は絵心《えご》をにらむ。

バカにすんな。俺《おれ》たちは、守《まも》ってもらうほど弱《よわ》くない——。

つまんない大人みたいなこと言《い》って、勝手《かって》に終《お》わらせるなよ。

「日本《にほん》サッカーの未来《みらい》とか、これからの保証《ほしょう》とか、関係《かんけい》ない……。俺《おれ》は……〝青い監獄《おれたち》〟は、い、いまここで勝《か》ちたいんだよ。」

有名大学《ゆうめいだいがく》や国内《こくない》リーグ？　それで何《なに》になる？

俺《おれ》たちは、そんなことをするために、人生《じんせい》を懸《か》けてきたんじゃない！

「次《つぎ》なんていらない。負《ま》けるコトは死《し》ぬコトだ。〝青い監獄《おれたち》〟はまだ死《し》んでない……！

世界一《せかいいち》以外《いがい》いらない……!!」

もうとっくに、止《と》まることなんて考《かんが》えてない。


「勝《か》たせろ、クソメガネ。このエゴは、アンタが教《おし》えた感情《コト》だろ。」

燃《も》え上《あ》がるような潔《いさぎ》の気迫《きはく》に、アンリはぞくっと鳥肌《とりはだ》が立《た》った。

「……そうか、潔世一《いさぎよいち》。じゃあ、こっからは俺《おれ》にも予想《よそう》できない、未曾有《みぞう》の計画《プラン》でいく。」

絵心《えご》は、静《しず》かにメガネを押《お》し上《あ》げる。

「出番《でばん》だ、切り札《ジョーカー》――馬狼照英《ばろうしょうえい》。」

黒《くろ》い稲妻《いなずま》をまとった王様《キング》が、のそりとベンチから顔《かお》を出《だ》す。

〝青い監獄《ブルーロック》〟の最後の一枚《ラストピース》――。

「待《ま》ちくたびれたぜ、ヘタクソ。」

鬼《おに》が出《で》るか、蛇《じゃ》が出《で》るか――それとも。

U－20代表《アンダートゥエンティだいひょう》vs.〝青い監獄《ブルーロック》〟11傑《イレブン》――試合時間《しあいじかん》、残《のこ》り三十分《ぷん》。

〈10巻《かん》へ続《つづ》く〉

馬《ば》狼《ろう》照《しょう》英《えい》
“青い監獄《ブルーロック》”11《イレブン》傑
馬《ば》狼《ろう》照《しょう》英《えい》
BAROU SHOUEI
待《ま》ちくたびれたぜ
ヘタクソ

KK文庫
青《あお》いエゴイストたちよ
新《あたら》しい時代《じだい》の扉《とびら》を
こじあけろ——!!
小説《しょうせつ》
ブルーロック
BLUELOCK
原作《げんさく》／金城宗幸《かねしろむねゆき》　絵《え》／ノ村優介《のむらゆうすけ》　文《ぶん》／吉岡《よしおか》みつる
10
"青い監獄《ブルーロック》"とU-20《アンダートゥエンティ》日本代表《にほんだいひょう》との試合《しあい》はいよいよ後半《こうはん》15分《ふん》。ついに投入《とうにゅう》された切り札《ジョーカー》・馬狼《ばろう》により、熱《あつ》い混沌《カオス》がフィールドに出現《しゅつげん》。白熱《はくねつ》の攻防《こうぼう》が繰《く》り広《ひろ》げられる。エゴイストたちはそれぞれの「FLOW《フロー》」を目指《めざ》し躍動《やくどう》する。勝利《しょうり》のゴールを決《き》めるのは!?　試合《しあい》が決《けっ》するその時《とき》、新《あら》たな英雄《ヒーロー》が誕生《たんじょう》する——!!
2025年《ねん》
1月中旬《がつちゅうじゅん》
発売予定《はつばいよてい》!!
定価：本体740円（税別）

この講談社KK文庫を読んだご意見・ご感想などを下記へお寄せいただければうれしく思います。なお、お送りいただいたお手紙・おハガキは、ご記入いただいた個人情報を含めて著者にお渡しすることがありますので、あらかじめご了解のうえ、お送りください。

〈あて先〉
〒112−8001 東京都文京区音羽2−12−21
講談社青い鳥文庫編集気付　吉岡みつる先生

この本は、週刊少年マガジンKC『ブルーロック』（14〜15巻）
をもとにノベライズしたものです。

★この作品はフィクションです。実在の人物、団体名等とは関係ありません。

講談社KK文庫

小説《しょうせつ》 ブルーロック9

2024年11月15日 第1刷発行（定価はカバーに表示してあります。）
2025年3月6日 第2刷発行

原　作　金城宗幸《かねしろむねゆき》
絵　ノ村優介《のむらゆうすけ》
文　吉岡《よしおか》みつる

発行者　安永尚人
発行所　株式会社 講談社
〒112−8001 東京都文京区音羽2−12−21
電話 編集 東京（03）5395−3536
販売 東京（03）5395−3625
業務 東京（03）5395−3615

印刷所　株式会社新藤慶昌堂
製本所　株式会社国宝社
本文データ制作　講談社デジタル製作

KODANSHA

N.D.C.913　271p　18cm　Printed in Japan　ISBN978-4-06-537492-4